Les mots des milléniaux

Amine Boudelaa

Personnages :

Loup – Metteur en scène.

Meryam – Comédienne.

Nikita – Comédienne.

Darwin – Comédienne.

Elle – Comédienne.

« L'acteur doit jouer ce texte comme s'il cherchait constamment le bon mot à dire ; comme s'il se perdait dans ses phrases ; comme si sa pensée n'arrivait jamais ou très rarement, après une longue recherche dans la parole, à se mettre en bouche. »
Amine Boudelaa ; à propos de *Les mots des milléniaux.*

I L'acteur sur scène.

Darwin Elle Nikita Meryam jouent une partie du texte
Chef d'œuvre ; de Christian Lollike.
Nikita joue Y.
Elle joue X.
Meryam joue Z.
Darwin joue W.

Y - Respire.

X - « Mercredi 12 septembre, 9h36. Je recherche mon
mari, Randy S. Jackson, brun, les cheveux courts et
frisés, mince mais athlétique, quarante-trois ans.
Pompier aperçu la dernière fois le matin du 11
septembre. Merci de répondre par e-mail. »

Y - Respire, calmement. Détends-toi. De plus en plus. Tu
entends leurs voix. Tu entends ce qu'ils disent.

Z - Même à neuf ans, on comprend ce que ça veut dire
que l'école a explosé parce que d'autres gens croient en
une autre croix – et qu'il y a la guerre à cause de ça.
C'est pour ça qu'ils nous ont emmenés dans le gymnase.
Et Sifa pleurait.

Y - On dit que ça s'est produit pendant une offensive
hutu à Bukavu. Une armada de séropositifs venait de
dévaliser une pharmacie en Viagra. Ils ont attaqué
l'hôpital. On m'a dit que j'étais dans cette chambre-là,
dans ce lit, à côté de douze autres femmes.

Z - Maman dit que ma petite sœur va être enterrée.
Mais en vrai, Sifa n'est pas morte. C'est pour ça que je

me suis caché ici, derrière l'église. Et là, il y a un petit chiot.

X - C'est que mon mari n'est pas rentré. Il est pompier et il n'est pas rentré.

W - Je monte dans un bus à Hambourg. Je m'assieds à côté d'une vieille dame. Elle me toise de la tête aux pieds et elle commence à me crier après - « C'est de votre faute, vous êtes musulman et vous êtes responsable du terrorisme. C'est vous qui faites exploser des avions dans le World Trade Center et qui nous assassinez tous. » Elle se me à me frapper avec sa canne.

Y - Je venais d'être hospitalisée quand c'est arrivé. Ils ont dit qu'ils nous tenaient. Ils se sont piqué le bout du sexe avec une aiguille. Et puis ils m'ont pénétrée, l'un après l'autre. Ils ont dit qu'ils me remplissaient de sang, de sperme et de maladie.

W - Une autre femme, un peu plus jeune, m'est venue en aide - « Il n'est pas forcément terroriste parce qu'il est mat de peau et musulman. » Mais si. C'est moi qui ai précipité American Airlines vol 11 en provenance de Boston dans le World Trade Center.

X - Le jour est une cicatrice qui s'ouvre chaque matin.

W - Crachez-moi dessus.

X - Le camion de pompier de mon fils est rouge. Il est posé sur le rebord de la fenêtre de sa chambre. A l'intérieur, il y a un joli petit bonhomme en plastique qui sourit. Il porte un tout petit casque, rouge. « C'est papa – regarde, c'est papa dans le camion. »

Z - Viens, viens, joli petit chien.

X - Ils sont jaunes. The firefighters. Leurs casques sont jaunes. Mais quand je l'imagine, montant les escaliers le tuyau à la main, son casque est rouge.

W - « Tu peux laisser la paix envahir ton âme, car le temps qui te sépare de ton mariage au paradis est très court.

Y - Je ne connais pas l'amour.

W - Vérifie ton arme avant de partir. Longtemps à l'avance. Tu devras aiguiser ton couteau car l'animal ne devra pas souffrir durant le sacrifice. »

Y - Je ne connais pas l'amour, mais je sais qui est Dieu.

X - Le jour est une cicatrice qui s'ouvre chaque matin et je m'évanouis devant l'évier de la cuisine. Je m'agrippe au rebord de la table. Mes doigts heurtent un verre qui tombe et se brise.

W - Haïssez-moi. Ne vous gênez surtout pas. Vous avez le droit. C'aurait pu être vous dans l'avion. Ou vous auriez pu être fille au pair, garçon de courses au World Trade Center. Vous dans l'ascenseur, apportant des sandwichs au saumon à l'un des directeurs. Ah, papa aurait été fier, n'est-ce pas ? Sa petite fille à New York. Ah ! là là... Vous pouvez me cracher dessus.

Z - Viens, petit chien. Viens manger la jolie bombe...

W - « Je voudrais réserver un billet pour le 11 septembre, vol 11, départ de l'aéroport international de

Logan à 8h02. Non fumeur. Aller simple, s'il vous plaît. »

Z - BAAAANNNNNG ! Et il n'en restait plus qu'une. La grosse maman chien. Juste sur la queue, et boum, elle est tombée ! Juste sur la jambe et boum, elle est tombée aussi.

Y - C'est comme un coup de pied de l'intérieur. Il siffle. Le sol tourne.

W - Je SUIS Mohammed. Mohamed Atta, Mohammad El Amir, Mohamed El Sayed, Muhammad Al Amir Awag Al Sayyid Atta, Mehan Atta, Muhammad Al-Amir Awad Al Sayad.
Vous m'avez vu à la télévision. Grand soleil. Deux tours. Un avion. Bang.

X - Les carreaux sont froids, ils sont couverts d'éclats de verre, le robinet goutte, le ventilateur bourdonne et je fixe une tache. Sur la porte, il y a une petite porte, une trappe. C'est lui qui l'avait découpée. Elle s'ouvre. Le chat entre sur ses pattes de velours. Il me dévisage, sans curiosité, évite les éclats de verre. Je tends le bras, j'hésite, je veux le caresser puis me durcis subitement. Je le chasse.

Z - Cette nuit, j'ai rêvé que Sifa était bien vivante.

Y - Entre mes jambes, il y a quelque chose. Je ne sais pas ce que c'est. Un cratère ? Peut-être. Je ne sais pas.

X - C'est comme si mon âme était recouverte d'un filtre. Et clac !

Y - Et clac !

W - Et clac !

Z - Et clac !

Y - Nous avons d'abord entendu les bruits. Nous retenions notre respiration, sans bouger. Puis les bruits sont arrivés des autres chambres. Comme un murmure d'abord, et puis de plus en plus fort.

Z - Maman ! Maman !

Y - Un enfant s'est mis à pleurer. La porte s'est ouverte. Une machette ! Lui tranche la gorge. La tête tombe en arrière. Elle reste accrochée à la peau, balance un peu.

Z - Oh non, ils cicatrisent. Les yeux cicatrisent. Viens là, bonne grosse maman chien. Viens là, grosse mémère. Viens manger la bombe !

Y - Suivante.

X - ... Ils disaient.

Y - Elle, là. Tiens-la. Ecarte les jambes ! Ecarte ! Tout de suite. Ferme-la. Mets-lui la baïonnette.

W - Tout de suite.

X - Tout de suite !

Y - Tiens-lui les jambes !

Z - Tout de suite !

Y - Oui.

W - Ecarte.

*Y - Et le fusil aussi ! « Jésus est amour. Jésus est
amour. » Et le pied de la chaise. Allez, mets-lui. Essaie
la bouteille ! Plus profond. « Jésus est amour. » Sers-toi
de la baïonnette. Oui, comme ça, coupe les lèvres ! Oui,
c'est ça. « Jésus est amour. Jésus est amour. »*

W - Ecarte.

*Y - Regarde dans les lits. Des corps. Des jambes et des
bras coupés. Jusque-là. On ne dirait plus des êtres
humains. Rien qu'un sein qui se soulève, en mouvement
rapides. La tête tremble. Les mouches. Les pleurs. Des
enfants. Ils les prennent. Ils coupent les mains qui
essaient de les retenir. Une main tranchée, non deux.
Non trois. Les enfants ? Où sont-ils ? Ils les brisent
contre les murs.*

X - C'est tout ce dont elle se souvient.

Y - C'est tout ce dont je me souviens.

X - Randy ?

Z - Maman ?

X - Les yeux. De quelle couleur ?

W - Matin clair.

Y - Jésus est amour.

X - La petite tache de naissance sur la main.

Z - Tac, tranchée.

Y - Et toc.

W - Bing.

X - Bien fait.

Y - Jésus est amour. Jésus est amour. Jésus est amour. Jésus est amour. Jésus est amour. Jésus est amour. Jésus est amour. Jésus est amour.

W - Je passe le transit. Sur moi, une lame de rasoir. Dans l'avion, classe affaire of course. L'appareil décolle, un enfant crie, et nous voilà partis.

Z - Mais là, ils nous ont emmenés dans le gymnase. Tous, et on était très nombreux. On transpirait. Et il y en avait beaucoup qui pleuraient, moi aussi je pleurais. Et puis j'ai fait pipi dans ma culotte, alors quelqu'un m'a déshabillé. Et puis Sifa a commencé à respirer très fort et une dame qui venait de faire pipi dans une tasse lui a tendu la tasse et Sifa a presque tout bu.

W - J'ai perçu un vieux monsieur devant les toilettes qui essayait d'ouvrir la porte. « Il faut pousser la porte, pas tirer », j'ai pensé. J'ai hésité une seconde à me lever pour l'aider. Et puis juste après, je me suis rendu compte que c'était absurde.

Z - Sifa, cache-toi ici. Cache-toi Sifa !

W - Bientôt. Tu te lèves. Bientôt. Ils sont prêts. Bientôt. J'enfonce la lame de rasoir dans la gorge de cette femme qui est assise là. Maintenant !

Z - Maintenant ! Cache-toi, Sifa, cache-toi ici, Sifa. Tout de suite !

W - « Nobody moves. Everything will be O.K. If you try to make any moves, you'll endanger yourself and the airplane. Just stay quiet. »

Y - Bang.

Z - En plein dans le groupe assis devant la fenêtre, et le professeur Lavetta, puis j'ai fermé les paupières de Sifa et je me suis endormi les yeux ouverts.

Y - Bang.

Z - Il y en a un qui courait dans tous les sens, et son bras avait disparu. Un os blanc couvert de sang sortait de son bras. Et une fille avait un trou dans le dos.

W - Dans l'allée du milieu, trois hôtesses sont allongées. La gorge tranchée.

Y - Et voilà.

W - Du sang et des enfants qui crient.

Z - Bang.

*W - Il y a la peur, et le cockpit.
Un pilote est mort. A genoux. En prière. Allah.*

X - Randy ?!

W - I am coming home.

X- I am coming home. I am coming home.

Frappez-moi.

W - Crachez.

Y - Vous pouvez me cracher dessus.

X - Plantez-moi.

Y - Vous n'avez qu'à me planter.

Z - Frappez-moi.

Y - Frappez-moi.

X - Plantez-moi.

W - Crachez.

Y - Plantez.

Z - Frappez.

Y - Crachez.

W - Vous n'avez qu'à me cracher dessus.

X - Plantez.

Y - Frappez-moi.

Z - Plantez.

W - Crachez.

X - Frappez.

W - Je vous apporte un signe du Seigneur. D'argile, je formerai pour vous un animal semblable à un oiseau. - Je lui insufflerai la vie, et par la bénédiction de Dieu, il deviendra oiseau. Et par la bénédiction de Dieu, je donnerai la vue aux aveugles, je guérirai les paralytiques et je ressusciterai les morts.

X - Les carreaux sont froids, ils sont couverts d'éclats de verre et le robinet goutte. Je m'entaille le bras. Pas le poignet, juste le bras. Avec un éclat de verre. Le sang gicle et ce qui et dur à l'intérieur coule. Sur les carreaux. Je coupe encore. Plus profond, et ça coupe, plus fort – et Michael appelle - « Le chat saigne. Le chat saigne. »

Z - Maman, raconte une histoire. Raconte-moi une histoire, Maman.

X - Les petites pattes de chat laissent des traces de sang sur les carreaux de la cuisine. Il se lèche et replie l'une d'elle sous son ventre, continue en boitant jusqu'au salon où mon fils est en train de dessiner. « Papa dans le feu », « Papa qui tombe, Papa dans l'escalier qui s'effondre », « Papa qui sauve une dame, Papa qui sauve une dame, Papa qui sauve une dame, Papa qui sauve une dame, Papa qui sauve une dame. »

Z - Sifa, qui sauve une dame.

W - Mohammed dans le feu.

X - Randy, raconte une histoire.

Y - Les voix.

X - Raconte une histoire, Randy.

W - Habille-toi.

Z - Tu dois retourner à la terre, à présent.

Y - Les voix ne comprennent pas ce qu'elles disent.

*Z - Maman dit qu'il reste un peu de ma sœur à
l'intérieur de moi. C'est pour ça que je joue avec elle.
Sifa, tu peux utiliser ta gomme, maintenant. Tu peux
nettoyer le chien avec. Sifa sort tout juste de moi et elle
nettoie le chien avec sa gomme. Voilà.*

*X - La nuit est lisse. Je voudrais tant pouvoir faire le
noir dans ma tête, dans mon cerveau, mais j'ai gratté
les plaies une fois de plus, et je me lève pour aller aux
toilettes, aller rincer le sang. J'entre par erreur dans la
chambre de Michael ; Je chasse de son front une mèche
de cheveux et vois avec frayeur une goutte rouge
tomber sur son nez. Je me penche sur lui, le nettoie avec
ma langue puis m'approche de la fenêtre. Je prends le
camion de pompier, sans faire de bruit, et le rapporte
dans mon lit. Je me couche avec sous la couette et me
caresse, là. Encore et encore. Le camion de pompier est
déjà tout collant. Je suis ouverte, et le camion disparaît
à l'intérieur de moi.*

Noir.

II L'acteur dans la nuit.

Darwin - On devrait saluer.

Nikita - Ils nous ont assez vus pour un soir, tu salueras devant ton miroir.

_____**Les mots des milléniaux.**

Les acteurs sont changés.
Elle est silencieuse.
Nikita est silencieuse.
Darwin est habillé en femme. Il se maquille.
Loup les rejoint sur le plateau.
Ils resteront tous sur la scène durant toute la pièce.
Temps.

Loup - Ils étaient à l'écoute.
Temps.
Ils étaient à l'écoute ils vous regardaient.
Temps.
Je veux dire que vous les avez amenés vers vous ils étaient attentif parce que vous étiez avec eux.
Vous êtes bons.

Darwin - On aurait dû saluer.

Nikita - On en a discuté je t'ai déjà dit on t'a déjà dit non.

Darwin - Pour les remercier d'être venus.

Meryam - Si tu veux les remercier tu fais bien ton travail et tu leur en donnes pour leur argent.

Darwin - Tout le monde salue.

Nikita - Et tout le monde paie des impôts se marie vécurent heureux et eurent beaucoup d'enfants si tu veux faire comme le tout le monde tu n'es pas à ton endroit ici.

Darwin se tait.

Meryam - Comment tu veux créer quelque chose et par quelque chose je veux dire quelque chose de nouveau de propre à nous de propre à notre âge si on continue à saluer comme les dinosaures du théâtre nous avons voté nous ne saluerons pas apprends à respecter les décisions. Démocratie je te dis.

Darwin - Ce n'est pas mon propos.

Nikita - C'est une réponse à ton propos.

Darwin - Deux bouches énervées contre une ce n'est pas juste.

Meryam - Je ne m'énerve pas je communique.
Temps.

Loup - Ils étaient attentifs.
Ils étaient attentifs et concentrés.
Ils sont restés longtemps après je ne sais pas s'ils étaient scotché ou si ils attendaient le salut ils sont restés longtemps je suis sûr qu'ils pensent encore à vous.

Nikita - Masturbation d'égo.

Darwin - Arrête ta fixette sur la masturbation.

Meryam - Il y avait un homme dans la salle.

Loup - Il y en avait même plusieurs.

Meryam - Non je veux dire il y avait un homme dans la salle qui me regardait beaucoup il me regardait beaucoup et avec insistance il me regardait comme s'il comprenait vraiment tout comme s'il était entièrement avec lui-même et entièrement avec moi.

Darwin - Je crie à la complaisance.

Nikita - Ce n'est pas de la complaisance c'est un constat la complaisance c'est vouloir saluer on n'a pas besoin de cette complaisance-là ta complaisance à toi Meryam n'est pas complaisante elle a été regardée laisse-la être joyeuse.

Darwin - Tu me détestes.

Nikita - Je t'aime comme on aime un bouquet de fleurs fanées.

Darwin *finit de se maquiller* - Je sors.

Meryam - Tu sors ?

Darwin - Je sors.

Nikita - Vous entendez ça il sort Darwin sort entre deux représentations il sort Darwin a décidé de sortir.

Darwin - Oui j'ai décidé de sortir tu n'as pas à déposer un avis là-dessus je suis libre de mes jambes et j'ai décidé de sortir ne me fais pas de leçons je n'ai pas envie je n'ai pas le temps je sors et c'est tout je l'ai décidé je suis un humain j'ai besoin de vivre donne moi de l'air.

Nikita - Tu es un acteur.

Darwin - Un acteur sans vie n'est pas un humain et s'il n'est pas un humain il n'est pas un acteur si je ne vis plus de quoi vais-je parler si je ne vis plus je n'ai plus ma place ici je dois manger je dois manger pour vomir de la vie sur le plateau tu ne peux pas m'enfermer dans une salle noir si tu m'enfermes tu tues l'acteur si je ne mange pas je n'ai rien à vomir si je n'ai rien à vomir je n'ai plus qu'à devenir un acheteur.

Nikita - Avaler des pilules et de la vodka bon marché jusqu'à en oublier ton nom te fera vomir oui mais rien à donner sur un plateau rien que tu puisses mettre dans Mohammed demain si tu n'es pas en forme je te jure si tu n'es pas en forme et que tu es médiocre je te mange tu m'as compris je te mange.
Temps.

Loup - Tu t'appelles Darwin tu ne peux pas oublier ton nom et même si tu le pouvais on a besoin que tu t'en souviennes garde ta conscience ce soir tu peux manger sans pour autant te perdre promets-moi que tu n'oublieras pas ton nom.

Darwin - Je te promets que je n'oublierai pas mon nom.

Nikita - Tu sais ce que je fais à ceux qui ne tiennent pas une promesse prise sur un plateau.

Darwin - Je sais ce que tu fais à ceux qui ne tiennent pas une promesse prise sur un plateau.

Nikita - Je les mange.

Darwin - Tu les manges je sais arrête de vouloir me manger tu es écœurante maintenant je sors.

Darwin s'éloigne d'elles.
Elle le regarde sortir.
Meryam s'avance sur le plateau.
Nikita n'est pas avec eux.
Meryam est seule.
Loup rejoint Meryam.
Elle les regarde.
Meryam cherche.

Loup - Excuse-moi pardon je vais briser le silence.
Tu cherches quelque chose.

Meryam - J'aime ces moments.
C'est vrai je te le jure j'aime ces moments où on est tous à vif où on fait semblant de refaire le monde en sachant que nos discussions remplissent juste les heures on se sent moins seul lorsqu'on est occupé à.
J'aimerais savoir ce que tu attends.
Temps.

Loup - Ce que j'attends ?

Meryam - Ce que tu attends.

Loup – Je ne comprends pas.

Meryam le regarde.
Elle les regarde.
Nikita les regarde.

Meryam - Tout le monde attends quelque chose personne ne vit uniquement le moment présent rien ne se serait construit sinon si je demande à n'importe qui ce

qu'il attend il pensera à un match qui se passera samedi prochain ou un rendez-vous avec des amis demain midi s'il voit plus grand il attendra une promotion ou un enfant nous nous sommes dans nos plus belles années alors je te demande ce que tu attends pour la suite tu as l'air de ne jamais rien attendre de rien tu attends quoi de toi de moi des autres de Darwin et des autres tu attends quoi ?
Temps.

Loup - Toi tu attends quelque chose ?

Meryam - Oui.

Loup - Qu'est-ce que tu attends ?
Temps.

Meryam - Une réponse à ma question.
Temps.

Loup - Tu n'as pas le droit de me poser cette question. Non tu n'as pas ce droit de me poser une question si importante comme ça maintenant sortie de nulle part je ne peux pas répondre j'ai le droit de ne pas répondre il n'y a pas de contexte je ne peux pas répondre je ne veux pas répondre pourquoi tu me poses cette question c'est étrange c'est une discussion étrange que tu essaies d'avoir.

Meryam - Tu m'as demandé de te regarder je t'ai regardé je t'ai demandé ce que tu attendais tu m'as dis que c'est étrange tu l'as dis tu viens de le dire droit dans mes yeux c'est toi qui n'a pas ce droit de poser un jugement sur une question.

Loup - Je m'excuse.

Meryam - Trop d'excuses dans la même scène maintenant dis-moi ce que tu attends.

Loup - J'attends de faire une différence.
Temps.

Meryam *rit*- Ah je ris.

Loup - Oui je vois bien que tu ris merci je ne suis pas aveugle et mes yeux sont ouvert je ne suis pas sourd je sais reconnaître un rire surtout ton rire mais pourquoi tu ris est-ce ma réponse qui en est la cause ?

Meryam - Il veut faire une différence.

Elle les regarde.
Nikita les regarde.

Loup - Oui, je veux faire une différence.
Une différence je veux faire une différence changer les mentalités je veux -
J'ai -
Je n'aurais pas monté *Chef d'œuvre* avec vous pour autre chose je veux parler des souffrances je veux marquer.

Meryam - Qu'est-ce que tu veux marquer ?
     Meryam attend une réponse.
Tu veux changer le monde l'occident en faisant du théâtre devant une salle à demi-pleine?
     Meryam attend une réponse.
Tu veux que nos spectateurs décident de donner cinq euros par mois à Unicef grâce à la beauté de *Chef d'œuvre* grâce à la beauté de ce texte que nous jouons ?
     Meryam attend une réponse.
Temps.

Marquer il me dit.
Il me dit qu'il veut marquer.
Tu es une personne intelligente tu ne peux pas marquer
personne ne le peut tu mens tu n'es pas sincère tu le sais
très bien un mensonge « marquer » c'est un mensonge
remarquer plutôt c'est ça que tu veux admets-le tu veux
qu'on remarque ton œuvre ton art ta sensibilité qu'on
remarque ce que tu as crée le grand metteur en scène de
20 ans qui a donné le rôle d'un terroriste à un travesti te
faire remarquer voilà la réponse qui est la vraie.
Je te le redemande et donne moi maintenant la vraie
réponse qu'est-ce que tu attends ?
Temps.

Loup - Je ne veux pas me faire remarquer c'est faux tu
mens tu mens tu inventes une histoire oui je veux les
faire –
Oui je veux qu'ils sentent quelque chose en sortant d'ici
d'accord je veux qu'ils sentent.

Meryam - Tu veux qu'ils sentent grâce à toi tu veux qu'ils
aillent dire que tu les as fait pleurer que c'est grâce à toi
que maintenant ils sont humains grâce à toi sois honnête
si ce n'est avec moi sois le envers eux envers ceux qui
nous écoutent envers le public tu leurs dois si ce n'est pas
à nous c'est à eux que tu dois quelque chose maintenant
sois honnête dis-moi oui est-ce que tu veux les faire
pleurer ?
Temps.
Loup - *On est meilleur quand on se sent pleurer.*
Beaumarchais disait.

Meryam - Beaumarchais est mort et tu n'as pas été invité
aux funérailles.

Il a vécu dans son temps pas dans celui de ceux avant lui ni dans celui de ceux après lui il a rien à faire ici - ici c'est notre temps.
Ce temps est à nous.
Va voir le monde qu'on a, va dehors va voir et fais quelque chose de ce que tu vois.
Oublie ton nom à toi oublie-le et reviens quand tu n'auras plus d'identité plus de toi plus rien rien que des mots à dire à qui veut l'entendre va sort et ne reviens que quand tu auras quelque chose à attendre et si tu ne trouves rien à attendre ne reviens pas sur ce plateau on peut jouer sans toi je préfère même je préfère jouer sans toi qu'avec le menteur qu'est le toi d'aujourd'hui.

Loup - De quel droit tu me dis où je dois ou ne dois pas aller je suis le metteur en scène et tu es comédienne j'ai le droit d'être ici j'ai le droit de rester et je n'ai pas à t'obéir tu es bizarre tu es étrange et tu me fais la leçon je suis dans un rêve comme elle me fait la leçon pourquoi ?

Meryam - Ne te sens pas agressé je veux juste savoir je veux juste de la vérité ne monte pas sur tes grands mots tu es mon ami je te le demande comme une amie demande à son ami parce qu'elle l'aime : arrête de mentir et met la tête dehors.
Temps.
S'il te plaît quitte je te le demande.
Temps.

> *Loup quitte Meryam.*
> *Nikita rejoint Meryam.*
> *Meryam est seule avec Nikita.*
> *Elles se regardent.*
> *Elle les regarde.*

Temps.

Nikita - Tu es dure.

Meryam - Je sais.

Nikita - Il est faible.

Meryam - Je sais.

Nikita - Tu l'oublies quand tu lui parles comme tu lui parles.

Meryam - Je ne lui ai rien demandé au contraire même je n'ai aucune responsabilités là-dedans je voulais juste chercher j'étais seul et je cherchais c'est lui qui est venu interrompre ma recherche.

Nikita - Il est humain.

Meryam - Nous le sommes tous.

Nikita - C'est un humain fragile.

Meryam - Tu ne me feras pas regretter.

Nikita - Toi qui regarde et admire la brèche humaine, toi qui regarde et aime celui qui est à vif, pourquoi sa brèche à lui tu ne l'aimes pas ?
C'est un humain le cœur ouvert qui se présente à toi petite conne.

Meryam - Je ne te laisserais pas me dire -

Nikita - Je dirais ce que j'ai envie de dire il n'y a pas qu'au théâtre que la parole est libre.
Temps.
Petite conne.

Meryam - Laisse-moi respirer.

Nikita - Tu ne m'as pas répondu.

Meryam - J'admire celui qui se présente la brèche béante oui c'est un fait j'admire celui qui n'a pas peur d'avoir peur j'admire les poètes tous les poètes ceux qui savent faire de la poésie et ceux qui ne savent pas qu'ils sont poètes j'admire les humains.
Mais je déteste celui qui couvre la brèche avec un tissu de mensonge pour son confort interne celui qui a peur de la brèche.
Celui qui se cache dans ce tissu celui qui le porte comme une seconde peau et Loup le porte depuis si longtemps ce tissu qu'il s'est mélangé avec sa peau il faut l'arracher c'est la seule solution que j'ai trouvé je ne sais pas si c'est la meilleure mais c'est celle que j'ai il faut lui faire mal il faut lui faire mal et arracher la peau comme un pansement sur une plaie pleine de pue je veux qu'il se rappelle pourquoi il est là pourquoi il utilises les planches je veux qu'il s'en rappelle je veux qu'il soit honnête avec sa brèche je veux qu'il la regarde qu'il regarde la profondeur du trou et qu'il y tombe qu'il s'y perde qu'il y plonge et qu'il y sois bien qu'il l'aime cette brèche je veux qu'il s'aime et qu'il l'aime surtout qu'il soit honnête.
 Il nous a emmenés avec lui il a eu l'idée de -
L'idée de monter ça de monter là de monter ces mots de monter cette pièce *Chef d'œuvre* avec nous il nous a dit « Je serais pas votre metteur en scène » il a dit « Vous n'avez pas besoin de moi pour être sur une scène de quel droit je vous y mettrais » il l'a dit et on s'est rangés derrière les mots de Lollike avec lui on a tous accepté tu as accepté j'ai accepté il n'a pas choisi cette pièce que pour les faire pleurer je le sais je sais que ça part de plus

loin ça part de la brèche je veux qu'il l'assume je veux
qu'il le sache je veux qu'il le porte avec toute l'honnêteté
et la beauté qu'il doit à ceux qui viennent nous écouter.
Temps.

Nikita - C'est beau quand tu parles.

Meryam - Merci.

Nikita - C'est la vérité.
Tout le monde n'a pas cette beauté ce langage c'est plus
dur pour d'autres tu sais c'est plus dur pour Loup.
Tu vas le rejoindre.
Tu vas le rejoindre et tu vas lui demander d'excuser les
mots que tu as employés les mots que tu as employés
envers lui que tu as employés pour lui faire mal – ne me
dis pas que ce n'était pas un des buts de ta démarche -
puis tu vas te taire et écouter ses mots à lui arrête de
forcer l'écoute.

Meryam - Tu me parles d'écoute à moi tu me parles
d'écoute.
A moi celle que l'on évite celle qu'on ne veut pas écouter
celles qui doit parler haut parler fort pour être entendue
à moi tu me parles d'écoute ?
Je ne m'excuserai pas d'être quelque part je suis ici pour
faire quelque chose quelque chose tu comprends petite
conne oui je peux le dire aussi petite conne tu n'es pas la
seule à avoir ce droit regarde comme je le prends le droit
de le dire petite conne je suis ici pour parler écouter oui
j'écoute je n'ai pas attendu tes ordres pour me mettre à
l'écoute je suis ici pour donner le droit de s'exprimer à
ceux qui ne l'ont pas à ceux qui sont silencieux à ceux qui
se questionnent à ceux qui ont à dire beaucoup plus à
dire que toi que toi et que moi je suis ici pour parler de
ceux qui sont plus forts que moi qui sont plus forts que

toi et que lui je ne veux pas autre chose que cela je ne veux pas autre chose que l'authenticité je veux une parole authentique je me suis engagée dans *Chef d'œuvre* pour ça pour donner une voix à ces figures que l'on n'écoute plus pourquoi tu es contre moi ?
Temps.

Nikita - Quand on a touché les planches les planches où l'on se tient tu as dis que le plus important pour toi c'était l'autre.

Meryam - Oui je le pense toujours encore je le pense le plus important pour mon moi c'est l'autre.
Quand je dis l'autre je parle d'un tout de tout ce qui est autour pas d'un autre précis pourquoi ce souvenir ?

Nikita - Tu oublies parfois j'ai l'impression ce n'est pas une impression c'est un fait tu oublies parfois que dans le tout il y a les humains dans les humains il y a nous et dans nous il y a Loup dans nous il y a nous et il y a moi moi Nikita Loup Darwin et ses talons et Elle nous sommes dans ce tout que tu défends ce que je te demande c'est de ne pas oublier n'oublie pas pourquoi on a décidé de faire ce qu'on a décidé de faire.
Ecoute Loup.
Entends ses mots.
Et après les avoir entendu fais ce que tu veux arraches le pansement et la peau avec s'il te plaît mais écoute.
Temps.

> *Nikita quitte Meryam.*
> *Elle quitte Meryam.*
> *Darwin danse.*
> *Darwin danse.*
> *Elle se rapproche de lui.*
> *Elle le regarde.*
> *Darwin arrête de danser.*

Darwin se verse un sceau d'eau sur la tête.
Darwin prend une grande respiration comme après
avoir gardé sa tête sous l'eau trop longtemps.
Darwin regarde autour de lui.
Darwin enlève un de ses talons.
Darwin serre son talon contre son torse.
Nikita se rapproche de lui.
Nikita le regarde.

Darwin *seul à son talon* - Tu es un enfant de ce monde c'est vrai ce que je dis.
Je sais ce que tu veux dire je suis pas plus jeune que toi mais moi je ne suis déjà plus un enfant j'ai vu -
Des choses.
Assez de choses pour savoir que je ne suis plus un enfant déjà.
Attention je ne suis pas vieux pour autant ne va pas me traiter d'adulte.
Toi tu as une vie entière et neutre devant toi.
Tu as l'embarras du choix je t'envie.
Aïe.
Tu sais ce que je crois je crois que j'ai besoin d'ouvrir quelque chose d'expérimenter de mordre dans quelque chose de nouveau je veux dire quelque chose que je n'ai pas encore goûté quelque chose de nouveau pour un être qui n'est pas un adulte ça ne devrait pas être dur à trouver.
Ce que je vais dire je ne le dis qu'en tant qu'ami nous sommes amis alors je parle en tant qu'ami je suppose je propose je veux avancer dans ma quête je -
Je suis présent.
Je suis quelque chose de nouveau à tout.
Je peux être une expérience si c'est ce que tu veux et encore je me répète je veux dire si c'est ce que tu veux quand je dis ce que tu veux je veux dire ce que je veux je m'entends.

Darwin tombe au sol.
Aïe putain de putain de sac en cul aïe j'ai dis aïe.
Darwin rit.
Est-ce que quelqu'un m'entends j'ai mal j'ai dit aïe.
Temps.
A qui je parle bordel de cul à qui je pose la question à cette heure dans cet endroit personne en tout cas personne dont la vue me ferait plaisir n'a déposé une oreille ici ils la gardent au chaud dans un lit c'est fait pour c'est mieux que cet endroit à cette heure où j'y suis. Putain de putain.
Putain de putain ça ne peut pas être les derniers mots que je dis dans ce monde non.
Un acteur un comédien capable de mémoriser des milliers de mots - les mots d'un terroriste - incapable de trouver des dernières paroles qui frôle le potable.

Nikita - Darwin.

Darwin - Darwin oui je sais c'est mon nom je ne l'ai pas oublié j'ai tenue cette promesse montre-toi.

Nikita - Tourne tes yeux vers moi.

Darwin voit Nikita.
Elle les regarde.

Nikita - Tu n'as pas oublié ton nom c'est bien bravo tu as respecté ta promesse je ne te mangerai pas.
Par contre tu n'es pas dans ton état normal tu n'es pas dans ton état normal je le vois je le sens même de là où je suis tu sens la souillure et la déchéance bon marché félicitation bravo tu es un acteur oh je vois de la semence là lève-toi cet endroit me répugne.

Darwin - Pourquoi tu es venue tu peux retourner te cacher si c'est pour me traiter donne-moi de l'air je t'ai dit.

Nikita - Tu n'as plus tes mots à dire lorsque tu es dans l'état où tu es regarde-toi tu es trempé ramène tes pieds ici je veux vérifier que tu ne sois pas entre les deux rives tu tournes de l'œil.

Darwin - Je ne tourne pas de l'œil.

Darwin serre son talon.

Nikita - Tu ne rentreras pas seul avec toi je vais te ramener.

Darwin - Laisse-moi ici c'est une demande.

Nikita - Qu'est-ce que tu me racontes ?
Tes yeux ils racontent quelque chose qu'est-ce qu'ils essaient de me raconter ?
Qu'est-ce que ça veut dire de dire ça « laisse-moi ici » qu'est-ce que c'est cette putain de putain de phrase ça veut rien dire rien de logique sèche les larmes que je vois arriver d'ici.
Qu'est-ce qu'il y a dans ton ventre là ?

Darwin - Un rien.

Darwin pleure.

Nikita - Abruti je te ramène maintenant je te ramène.

Darwin lâche son talon.

Darwin - Non.

Non j'ai dis non.

Non.

Ma bouche et tout ce qui suit mon corps et moi nous te crions non.

Tu veux savoir ce que j'ai dans mon ventre je vais te le dire j'ai du vert du bleu du orange tout ce qui peut s'avaler est là-dedans que quelqu'un ici m'entende elle veut m'arracher stop j'ai dis non je veux que tu respectes mes mots je t'ai dit laisse-moi donne-moi de l'air pars toi pars c'est ce que tu veux pars si tu ne veux pas rester si tu ne peux pas supporter l'horreur de cet endroit tu m'entends je te dis de partir maintenant tu vas partir maintenant j'ai dit maintenant pourquoi tu n'es pas encore partie tu attends quoi de moi laisse-moi ici laisse-moi je n'ai pas besoin de ta pitié je ne veux plus me répéter oui je t'ai dis de me laisser regarde comme je t'affronte bravo à moi je suis de cet endroit maintenant je suis cette crasse que tu crains maintenant laisse-moi je ne veux pas te parler je ne veux plus te parler.

Temps.

Excuse-moi je suis incohérent.

Nikita - Tu vois là juste là -

Là maintenant ce moment voilà pourquoi on ne veut pas -

Je ne veux pas te laisser dès que tu mets un pied dans la nuit tu ingères tout ce que tu peux mettre dans ta bouche tu ne peux pas faire ça tu ne peux pas te mettre -

Nous mettre dans cette rue avec toi tu es acteur tu es avec nous ton tien rentre dans notre notre tu viens vivre sur le plateau où nous vivons également arrête de te bousiller comme un enfant non-surveillé qu'est-ce que tu peux bien vouloir venir faire dans un endroit pareil ?

Darwin – Qu'est-ce que tu penses qu'un enfant non-

surveillé peut bien vouloir faire dans un endroit pareil ?
Manger des bonbons.
Et danser.
Oui danser.
Avant que tu arrives je dansais.
Je dansais entouré d'homme.
Ils étaient beaux.
Ils étaient de toutes les couleurs les lumières rendaient
les images enivrantes.
Je me laissais rêver au milieu de ces hommes.
Le rêve finalement est retombé lorsque mes yeux se sont
aperçus qu'ils ne croisaient aucune autre paire d'œil.
Oui personne ne me regardait.
Invisible j'étais.
Alors j'ai forcé j'ai forcé les regards et j'en ai vu certains
qui se posaient brièvement sur moi brièvement mais
avec une question intense une question visible.
« *Est-ce un homme ou une femme ?* »

Darwin rit.

Drôle oui c'était drôle.
Ce qui rend ça drôle c'est que chacun avait la réponse
dans leurs questions ils se posaient une question et je
voyais lorsqu'ils tournaient leurs yeux qu'ils avaient
trouvés la réponse.
Ceux qui aimaient les femmes voyaient un homme.
Ceux qui aimaient les hommes voyaient une femme.
La joie du travestissement messieurs dames « *bienvenue
dans le 21ème siècle* » qu'ils m'ont dit à ma naissance « *le
siècle où les étiquettes disparaissent* » mensonges
mensonges et mensonges tu ne peux pas ne pas choisir
tu es un ou tu es autre tu ne peux pas te contenter d'être
je ne vis pas en adéquation avec ce temps Nikita je ne vis
pas.
Je ne veux pas dire qu'il n'y a pas d'hommes bien sûr que
finalement un homme m'approche me parle me sourit un
chasseur de nuit le chasseur de notre temps qui te

poursuit jusqu'à t'amener dans sa prison à lui jusqu'à laisser son odeur sur toi-même après l'avoir quitté bien sûr que je trouverais toujours un chasseur qui viendra m'apprivoiser il se nourrit de ça le chasseur il voit le désespoir chez la proie il attaque lorsqu'il est sûr qu'elle n'a pas d'autres choix que de venir manger dans sa main si elle veut se nourrir bien sûr qu'il va m'attaquer le chasseur ils chassent souvent les déguisés les travestis c'est plus facile ils le savent ils savent le désespoir qui est celui du travesti ils savent qu'ils pourront souiller son corps jusqu'à son âme au travesti quel autre choix a-t-il que d'accepter le travesti ?

Darwin attend une réponse

Il a besoin de ce petit boost d'égo le chasseur.
Il a besoin de souiller pour se sentir exister ça lui fait du bien de faire mal.
Il te tient.
Il te tient.
Puis il te lâche.
Et toi tu es là tremblant tu rentres chez toi et tu attends la prochaine occasion d'avoir mieux qu'un chasseur.
Mais ma vérité c'est que cette occasion elle ne vient pas je l'attends encore longtemps que je l'attends l'occasion d'avoir mieux.

Elle les regarde.

Nikita - Si c'est ce que tu attends que je dise je vais le dire tu n'es pas moche.

Darwin - Ta gueule.

Nikita – Des larmes pour des histoires de queues puis tu oses monter sur un plateau et parler de la guerre ?
J'en étais sûre putain de putain le parfait pleureur tu es - là à pleurer sur un problème que tu te créé tout seul les

couleurs dans le ventre et les larmes le pleureur basique le paquet entier tu es.

Darwin - Tu m'attaques je rêve ou tu m'attaques à moi - moi - toi c'est toi qui m'attaques qui oses - toi qui ose me dire que je suis le paquet entier toi tu me dis ça toi la comédienne politique le dos droit la voix grave qui pense avoir le poids du monde à porter tu n'es pas le paquet entier toi ?
Celle qui sait - qui pense qu'elle sait mieux qu'autrui ce qui est mieux pour autrui tu n'es pas responsable pour moi tu n'es responsable pour rien occupe-toi de tes propres épaules je ne t'ai rien demandé tu n'es pas un paquet entier toi ?
La belle tragédienne le voile sur les yeux celle qui a tout connu les drogues le monde la souffrance le voyage la perte celle qui a vécu trop vite et s'autoproclame « mère » dès qu'elle se présente à un groupe tu n'es personne reviens dans la réalité tu n'es pas un paquet entier toi ?
Personne ne veut de ton bout de sagesse cette sagesse immense que tu essaies de mettre sur le plateau -
Oui je me traite mal mon outil est rouillé je suis cassé sur la scène mais cassé pour cassé ose me regarder dans les yeux et dire sans mentir que ton travail est meilleur que le mien je t'écoute j'attends ose le dire.
Arrête de te sentir au-dessus tu es un rien au milieu d'autres riens reviens à la réalité j'ai dit.
Une traumatisée c'est tout ce que tu es une traumatisée tremblante cachée derrières les mots d'autrui sur un théâtre cachée derrière une violence volontaire pour empêcher qu'on s'approche tu te crois en sécurité je la vois cette poussière derrière le voile que tu mets sur ton regard je la voix cette poussière petite infime dans laquelle tu caches tout là où l'enfant que tu étais là où la petite Nikita la traumatisée se cache je la vois baisse ton

regard arrête de lever les yeux au ciel regarde-moi je te parle.

Nikita - Je ne te regarde pas je t'écoute.

Darwin - Le regard n'empêche pas l'écoute tu es comédienne je ne devrais pas avoir à t'apprendre ça.

Nikita - Je ne veux pas te regarder comment veux-tu que je te regarde en entendant ce que tu me fais entendre monstre j'ai une tête à sourire à ça je suis venue jusqu'à toi jusqu'ici jusqu'à cet endroit abjecte pour toi pour te récupérer pour te récupérer en vie en bonne santé te ramener parce que je ne voulais pas que tu sois seul et toi tu me traites tu me traites comme –
Comme un déchet tu me traites comme un déchet une chienne petite merde que tu es qui es-tu pour croire que -
Qui es-tu pour croire que tu peux dire que tu peux me dire me dire à moi moi moi je rêve me dire à moi -
Moi je dois rester là t'écouter et encaisser les coups que tu me donnes mais qui tu es toi ?

> *Nikita attend une réponse*

Tu es qui devant moi ?

> *Nikita attend une réponse*

Oui j'ai vécu oui j'ai vécu plus tôt et plus fort trop fort pour l'âge qui était le mien oui j'ai ouvert mes yeux trop tôt sur le monde oui je n'ai pas connu l'enfance et toi qui est resté dans l'enfance jusqu'aujourd'hui tu es qui face à moi ?
Qu'est-ce que tu as en toi qui te donne envie de sortir ces mots envers moi ?

> *Nikita n'attend pas de réponse.*

Est-ce que tu as pensé avant de parler ta langue est-ce que tu l'as tournée avant de la laisser libre d'ouvrir tes lèvres prononcer ces mots as-tu pensé à la personne qui les recevait ces mots tu es comédien c'est ton travail.

J'étais venue pour te ramener je ne suis pas venu pour les insultes petit con je voulais t'aider.

Tu veux me parler de souffrance tu veux me parler de toi regarde autour de toi nous sommes tous écorchés ici.

Elle les regarde.

Je n'étais pas venue pour être méchante je n'étais pas venue pour la violence j'étais venue pour toi pas pour les pleurs je ne veux pas être dure je ne veux plus me justifier c'est tout ce que je demande accorde-le moi.

Temps.

Alors oui je veux bien être tout le paquet je veux bien être celle qui a ouvert les yeux trop tôt dans un monde où on tend à les garder fermés même à l'âge adulte.

Temps.

Mais je t'interdis de faire de ces faits une attaque envers ma personne que ces mots s'imprègnent sur ton cerveau coloré.

Temps.

Darwin *étouffe ses larmes* - Tu es en colère.

Nikita – Je ne suis pas en colère.

Darwin - Je t'ai fait pleurer.

Nikita – Tu ne m'as pas fait pleurer.

Darwin - Non pars rentre laisse-moi dans ma crasse je t'ai fais pleurer je ne veux plus te faire ces larmes pars ne t'approche pas.

Nikita - Calme-toi.

Darwin - Je ne veux pas me calmer.

Nikita - Arrête je t'ai dis d'arrêter je ne bougerais pas je veux que tu te calmes je veux que tu arrêtes de pleurer que tu arrêtes tout de suite je n'aime pas ça.

Darwin *difficilement*- Je ne pleure pas qu'est-ce qui te fait penser que –
Tu projettes sur moi une image qui -
une image qui -
Je te dis que je ne pleure pas -

Darwin s'évanouit.

Nikita - Il est tombé.
Non ce n'est pas juste une image il est tombé Darwin lève-toi.
Lève-toi je t'ai dis de te lever arrête tu me fais peur.
Il ne se lève pas.
Oui non il ne se lève pas putain de putain.

Nikita secoue Darwin.
Loup est seul.
Elle va le rejoindre.
Elle le regarde.

Loup - Voir le monde que l'on a.
Aller dehors et faire quelque chose de ce que je vois.
Oublier mon nom à moi ne plus avoir d'identité rien que des mots à dire.

Loup respire.

Temps.
Abruti que je suis faible ils ont raison je suis faible effrayé j'étais pas un mot à sortir de ma bouche pas une réponse à lui donner pas une réponse j'ai trouvé j'attends quelque chose.
Temps.
Oui sans doute j'ai besoin d'une dose du dehors.

J'ai besoin d'une petite dose de réalité mais ce n'est pas
ici comme cela debout immobile dans la rue que j'aurais
cette dose abruti quelles choses veux-tu bouger sur un
plateau si toi-même tu es immobile je dois trouver à voir
je dois trouver ceux qui n'ont pas les mots faciles les
perdus je dois aller écrire ce qu'ils n'arrivent pas à dire
oui je dois aller trouver ceux –

Meryam le rejoint.

Arnaque.
Ne te prend pas pour plus idiot que tu ne l'es ne te
dénigres pas tu n'es pas inconnu au monde respecte-toi
tu existes.

Loup respire.

Ah qu'une âme plus pleine que la mienne me tombe sous
la main s'il vous plaît à qui l'entend.

Meryam- Pourquoi veux-tu qu'une âme te tombe sous la
main ?
Temps.

Loup- Tu étais là.

Meryam - Tu as dis vouloir avoir une âme sous la main
« aller voir le dehors » ne veut pas dire kidnapper une
âme je pensais ne pas avoir à te le préciser.

Elle les regarde.

Loup - Je demande le respect.
Temps.

Meryam - Tu demandes le respect.

Loup - Je demande le respect.
Oui je t'attaque directement avec ces mots j'ai pris le
temps de mâcher les tiens de mots et je me suis promis

que ce serait là les premiers mots que j'emploierai envers toi lorsque je te reverrai je demande le respect.

Meryam - Tu ne te sens pas respecté.

Loup - Je ne me sens pas respecté.

Meryam - Je te respecte plus que je respecte certains humains.

Loup - Tu ne comprends pas ce que je demande ce n'est pas ça que je demande je demande autre chose je demande je demande -

Meryam - Tu demandes.

Loup - Je demande.

Meryam - Tu demandes ?

Loup - Je demande la légitimité.
Temps.
Pardon.
Voilà tu m'as attrapé dans un élan de fragilité je ne savais pas que tu me rejoindrais je n'ai pas eu le temps d'enfouir mes plaintes lorsque je t'ai vue excuse-moi n'aies pas pitié de moi s'il te plaît.

Meryam - Je n'ai pitié de personne et ta demande de légitimité ne me fait pas de peine je t'assure -
Je ne veux pas dire qu'elle ne me touche pas ni qu'elle me touche d'ailleurs n'entends rien de ces propos ce que je veux dire c'est que ta légitimité enfin celle que tu demandes elle l'est enfin je veux dire -
Ta légitimité est -
Elle l'est.

C'est ce que je veux dire.
Ta demande est légitime.
Je ne suis pas ton ennemie je veux que tu t'enlèves cette idée de la tête.

Loup - Je t'embarrasse.

Meryam - Je t'assure te promets je ne suis pas embarrassée.

Loup - Tu mens je t'embarrasse et tu mens pardon je suis désolé tu as le droit de partir si tu veux je t'embarrasse ne reste pas près je veux dire de- dans je veux dire ne reste pas dans une situation gênante tu peux partir.
Temps.

Meryam - C'est moi qui suis venue vers toi.

Loup - C'est vrai.

Meryam - Je voulais te parler.

Loup - Tu voulais me parler.
Tu voulais me parler et je ne t'ai pas laissé parler excuse-moi je ne voulais pas accaparer la parole accaparer l'attention je ne voulais pas -

Meryam - Arrête de te préoccuper de mon ressenti concentre-toi sur ce que tu veux dire.
Tu as parlé tu as le droit je te l'ai dit je me répète tu as le droit de parler je voulais te parler et c'est ce que nous faisons là nous parlons toi et moi je dis des mots tu les entends et tu en dis d'autres nous nous parlons c'est ce que je voulais arrête de t'excuser c'est pitoyable.

Loup - Tu me trouves pitoyable.

Meryam - Je trouve les excuses trop de fois prononcées pitoyables arrête d'être blessé.

Loup - Tu me demandes d'arrêter de sentir d'arrêter de - Je ne comprends pas ce que tu essaies de dire tu me demandes de porter mes émotions tu me dis quelles sont légitimes et maintenant tu m'ordonnes d'arrêter d'être blessé je peux me taire si tu veux je ne dirai plus de mots je ne dirai plus mes émotions demande-le moi je l'attends demande-moi de ne plus être un humain.

Meryam - Ce n'est pas ça que je te demande arrête de faire un tout avec un rien arrête de tout montrer je veux avoir une discussion avec toi je ne voulais pas te mettre dans cet état laisse-moi parler.
Temps.
Je te quitte dans un état global neutre et maintenant tu me demandes de te demander de n'être plus humain qu'est-ce qui t'a traversé le cerveau pour te plonger dans cette fébrilité ?

Loup - Aucun mot que je ne savais déjà ne m'a traversé. Des mots que j'ai longtemps acceptés par acceptés je veux dire intériorisés des faits que j'ai mis au fond de moi et j'ai construit sur la surface autre chose autre chose de plus social de plus léger de plus faux autre chose à dire à l'extérieur quand je dis l'extérieur je veux dire l'extérieur à moi les autres hommes et les autres femmes à leur dires à eux voilà ce qui m'a traversé.
Toi tu es de celles qui ne voient que l'authenticité la vérité la surface ne t'atteint pas tu la vois comme un rocher dans ton monde de plumes tu es attaquée par ce rocher il pèse sur les plumes tu es les plumes et je suis le rocher voilà ce qui m'a traversé.
Temps.

Elle les regarde.

Meryam - Merci de ne pas t'être excusé d'avoir parlé.
Je ne veux pas avoir pitié de toi.
C'est de légitimité que je veux parler aussi.

Loup - Tu veux parler de ma légitimité.

Meryam - Non.

Loup - Tu la questionne aussi tu peux le dire.

Meryam - Non.

Loup - Tu as le droit de questionner questionner mon
théâtre ma légitimité la légitimité que j'ai à être à faire du
théâtre.

Meryam - Je dis ce que j'ai à dire je ne me sens obligé de
rien arrête de parler je te demande.
Je te demande de m'écouter.
Temps.
Je voulais parler te parler de ma légitimité je voulais te
demander de ne plus la questionner.

Loup - De ne plus la questionner ?

Meryam - De ne plus la questionner.
Je ne suis pas une plume mets-toi ce plomb dans ta tête.
Je veux je souhaite porter avec ma tête haute le théâtre
autant qu'il me porte et j'ai dans tes yeux un reflet
minuscule comme présente sans l'être je te demande
d'arrêter ça.
Temps.

Loup - Qu'est-ce que tu veux dire un reflet minuscule qu'est-ce que ça veut dire ça -
Ça ne veut rien dire tu as le reflet que tu as tu as le reflet de ce que tu es.

Meryam - Je suis et ne suis pas beaucoup de choses je suis dans chaque œil différente.
Te souviens-tu de ce que tu me disais lorsque tu es venu me parler de *Chef d'œuvre* de Lollike de cette pièce que nous portons de ce que tu voulais faire avec qui tu voulais le faire les personnes dont moi que tu voulais ne pas mettre en scène ?
Tu ne t'en souviens pas peut-être ce n'était pas hier mais nous nous connaissions déjà tu nous connaissais déjà tous mais moi tu me connaissais depuis longtemps depuis petite plus petite encore que maintenant tu dois te souvenir de ce que tu as dis.
Tu m'as dis -

Loup - « Tu as grandie.
Tu es grande maintenant tu es une artiste une belle artiste en plus.
Je cherche des artistes pour ne pas les mettre en scène.
Pour faire quelque chose d'important.
Pour faire quelque chose de plus grand que nous.
Pour que pendant un instant nous nous élevions avec cette création. »

Meryam - Tu t'en souviens à peu près ?

Loup - Je m'en souviens à peu près.

Meryam - Tu m'avais menti parlons-en.
Je ne dis pas que tu m'avais menti sur tout tu m'as menti sur quelque chose de ce que tu m'as dit quelque chose que j'ai eu la bêtise l'impuissance de croire.

Je suis nous sommes en réalité nous sommes en train de faire quelque chose de plus important de plus grand oui n'en déplaise à d'autres ce que nous faisons est plus important qu'un chacun toute chose créée est plus grande qu'un humain qui ne fait que vivre toute création n'a pas nos limites humaines toute création est plus grande.

Tu m'as menti lorsque tu as dis « tu es grande maintenant. »

Tu me l'as dit par flatterie par complaisance tu as voulu me plonger dans la complaisance avant de me lancer dans une route qui cherche à s'en éloigner.

Bravo je suis maintenant hors de la complaisance j'essaie en tout cas tout les jours parce que je veux aussi ne plus m'impressionner moi-même aussi facilement je veux aussi ne plus être un nombril dans ce monde même si tout les efforts pour y arriver me fatiguent mais mon propos n'est pas là.

Maintenant je pense.

Maintenant je vois.

Je vois plus que ce que je voyais oui maintenant si tu me disais ce que tu m'as dis à ce moment-là tu ne m'aurais pas menti.

Maintenant je suis grande oui.

Maintenant je suis une artiste.

La seule différence est que maintenant si tu me disais ces mêmes propos ces mêmes affirmations si tu me disais que je suis grande que je suis une artiste rien ne changerait tu me les dirais toujours pour me complaire pourquoi tu ne me regardes pas comme je suis aujourd'hui ?

Tu ne me regardes qu'à la surface arrête la surface bon sang je me répète.

Je te demande de regarder celle que je suis maintenant celle que je suis à l'intérieur aujourd'hui je te demande de regarder l'artiste que je suis je ne veux plus être une

enfant je ne veux plus être la plus je suis la plus jeune je
le sais je ne veux plus être définie par ces mots « la plus
jeune » comme le petit miracle de la compagnie je ne
veux pas être un miracle je veux être vue comme une
artiste au milieu des artistes une comédienne au milieu
des comédiens une voix au milieu des voix je ne veux
plus être une apprentie au milieu des artistes une
débutante au milieu des comédiens je suis autant une
artiste que chacun il serait temps que tu me regardes
comme je suis maintenant plus comme j'étais dans ta
définition de mon moi d'avant je te le demande regarde-
moi.
Temps.

Loup - Je te demande un sincère pardon.
Je te regarde maintenant.
Tu es une femme.
Tu es une artiste.
Une comédienne.
Une voix parmi les voix.
Temps.
Je ne m'attendais pas à ce que tu me veuilles partager ta
faiblesse.
Ce ne sont pas les mots que je pensais recevoir de toi
maintenant.
Tu es une humaine à part entière.
Temps.

 Meryam - Merci.
Temps.
Je veux juste mon droit.
Je suis individualiste dans ces mots je sais mais je veux
qu'on me voit qu'on m'écoute qu'on me donne la place
que je mérite en tant qu'humaine je veux avoir droit à ce
que tout le monde a droit je veux -
Merci de le voir de dire que tu le vois je sais que ce n'est

pas encore totalement une vérité c'est nouveau pour toi tu vas devoir changer ta façon de me regarder ça ne se fait pas uniquement avec des mots mais je te remercie de faire merci d'avoir demandé un pardon sincère je te le donne.
Temps

 Loup - Il y a eu beaucoup trop de pardon pour une seule scène.

Meryam - Il y a toujours trop d'excuses dans tes scènes.

Loup - Ma scène.

Meryam - C'est une scène partagée ne joue pas sur mes mots.
Tu as dis que tu n'étais pas légitime.
Temps.
Tu l'as dis.

Loup - C'était une émotion.

Meryam - C'était des mots précis mis sur une impression parles-en.

Loup - Tu veux que je t'en parle vraiment maintenant tu veux que j'en parle ?

Meryam - Tes yeux tournent au rouge tu vas exploser on dirait que tu vas exploser si tu n'en parles pas parles-en tu risques l'overdose émotionnelle et jamais rien n'est bon en trop grande dose.

Loup - Alors je vais parler.
Oui je vais parler.

Je vais parler sans m'excuser je vais parler.
Temps.
Je suis atteint d'une malédiction tu vois une malédiction
je pèse le poids de ce mot malédiction.
Je suis victime -
Victime je le dis que celui qui me contredit se montre à
moi -
Je suis victime de discrimination.
La discrimination de ma chance.

Meryam - La discrimination de ta chance ?

Loup - La discrimination de ma chance ne coupe pas ma
parole ce que je fais n'est pas facile.
J'aime un monde pour lequel je ne suis pas né je ne suis
pas né pour le monde que je veux aimer pour -
Pour le théâtre.
C'est le théâtre le monde dont je parle je ne suis pas né
pour ou pas dans les bonnes années je veux dire les
années où ce serait moi que le théâtre voudrait je suis né
dans les années où les comme moi les humains comme
moi qui sont du même sexe et de la même couleur que
ceux qui ne veulent pas aimer ceux de l'autre sexe ou
d'une autre couleur autant qu'ils s'aiment entre eux je
suis né de ce côté.
La vérité est là je suis un fils d'acheteur.
Je veux entrer dans un monde qui n'arrête pas de
m'exclure pour ce crime qu'est celui de ma naissance
voilà ma discrimination.
Je m'entoure pourtant je m'entoure je le jure de
personnes qui me rendent admiratif de personnes
comme vous de personnes comme Elle comme toi
comme d'autres ceux qui ont des choses à dire à raconter
des choses autre que moi des choses que l'on ne voit pas
de notre côté de la barrière ceux que les humains comme
moi admirent de notre côté de la barrière avec la

distance nécessaire pour que cette admiration reste de l'ordre d'un fantasme qu'elle ne devienne pas réelle qu'elle ne soit pas portée par un humain qui leur ressemblent trop vous toi et d'autres toi et les autres que tu connais vous vous êtes des êtres de feu aucune ressemblance avec l'occidental de marbre classique votre brûlure personne ne la questionne elle est là visible dans vos yeux vous l'exposez béante sans pudeur devant qui veut la voir vous vous avez la puissance de faire voyager qui vous écoutera et je ne dis pas que c'est injuste je ne dis pas que c'est injuste car je sais que vous vous êtes battus contre une marée de négation pour être où vous êtes à l'heure où vous l'êtes à ce jeune heure qu'est le votre et moi -

Temps.

Moi mais moi je voudrais leur montrer de belles choses de belles balades de belles chansons oui je m'emballe dans des images non-contrôlées je ne m'excuserai pas je l'ai dit la vérité est telle qu'elle est personne ne veut écouter celui qui lui est proche mais lui dit des mots éloignés.

Temps.

Si j'étais une version améliorée d'eux quelqu'un comme eux mais pas eux quelqu'un qui leurs ressemblent mais qui est au-dessus qui est plus -

Plus agréable à l'œil.

Plus agréable à tout leurs sens en réalité un humain amélioré comme un fantasme un idéal esthétique esthétique ou autre un idéal être l'idéal c'est l'important dans l'idée et je ne suis pas l'idéal.

Je ne plains pas mon moi attention je ne pleure pas sur le sort qu'est le mien je sais que je ne suis pas à plaindre mais justement je ne suis pas à plaindre et cela n'est pas bien.

Je veux dire ce n'est pas ce qu'ils attendent.

Je veux dire ce n'est pas ce qu'ils attendent ce n'est pas ce

que je veux qu'ils attendent ce que je veux ce n'est pas ça
je ne l'attends pas moi-même.
Temps.
Je ne suis pas un idéal.
Temps.
Je ne suis pas de l'autre côté de la barrière.
Temps.
Je suis dans la masse.
Long temps.

Elle les regarde.

Meryam - Je connais cette masse.
J'ai voulu être de cette masse la faire grossir comme un
chacun à un moment un moment long un moment qui se
mesure en année j'ai voulu être la masse.
Tu nous apprends de toi-même à détester cette masse tu
en as parlé de la masse tu te souviens de ce que tu nous
as dis ?

Loup - « Haïssez cette masse qui vous regarde cette
masse qui n'a rien à dire rien à se dire rien à vous dire ».

Meryam - Tu t'en souviens à peu près ?

Loup - Je m'en souviens à peu près.

Meryam - « Cette masse qui n'a rien à dire ».
Tu l'as dis tu t'en souviens tu l'as dis tu as dis ces mots.
Cette masse n'a pas choisi d'être du côté où ils sont ce
n'est pas ça qui importe ce qui importe ce qui est
important c'est ceux qui ont quelque chose à dire la
barrière dont tu parles la barrière qui nous éloigne de la
masse elle n'est pas à l'endroit auquel tu penses c'est un
endroit de surface l'endroit auquel tu penses c'est un
endroit superficiel l'endroit où est la barrière est entre
ceux qui ont à dire ceux qui ont des mots à dire des mots

à mettre sur leurs mots ceux qui ont à dire sont tous du même côté ceux qui veulent entendre qui sont prêt à entendre les ballades qui sont sur leurs chemins ceux-là aussi sont de ce côté de notre côté oui j'ai à dire oui j'ai des mots à dire alors oui je suis de ce côté de la barrière et ceux qui n'ont rien à dire qui ne veulent pas dire et qui ne veulent pas entendre ceux qui pensent avoir avec eux la vérité vraie la vérité affirmée ceux pour qui les courtes réponses aux grandes questions suffisent eux sont de l'autre côté de la barrière eux sont dans cette masse dont tu parles cette masse que tu hais tant toi tu as à dire tu veux dire tu veux utiliser les planches pour dire faire dire et aussi entendre tu l'oublies des fois c'est vrai tu oublies entendre tu fais et dis n'oublie pas d'entendre c'est important ne te trompe pas sur l'endroit où est la barrière tu es avec nous dans cette affaire tu es de ceux qui disent et quiconque a à dire quiconque veut entendre est et sera de notre côté de la barrière je me répète encore je sais tu es de notre côté de la barrière.

Elle les regarde.
Elle sourit.
Elle les quitte.
Elle rejoint Nikita et Darwin.
Darwin ouvre les yeux.

Darwin - Paul.
C'est Paul mon vrai prénom celui que mes parents m'ont donné je t'avais promis de ne pas oublier mon nom j'ai retenu les deux au cas où.
Paul.
Darwin.
J'ai choisi de m'appeler Darwin c'est mon prénom maintenant c'est moi qui l'ai choisi.

Nikita - Là.

Là juste là.
Garde les yeux ouverts maintenant.

Darwin - Darwin pour l'évolution.
Parce que je suis le futur des humains un humain qui a explosé les limites du 21ème siècle.
Darwin.

Darwin rit.

Tu as eu peur pour moi.
Je le vois sur tes joues il y a des larmes tu as eu peur pour moi celle qui ne pleure jamais a pleuré pour toi théâtrale que tu es.

Nikita - Je n'ai pas pleuré petit con j'ai sourit tellement fort que des larmes ont coulés des larmes de joies de ne plus t'entendre ouvrir la bouche pour ne rien dire.

Darwin - Tu es fragile je le savais je te l'ai dit j'avais raison tu es fragile.
Temps.
Je suis allé sur l'autre rive.

Nikita - Non tu étais là.
Je t'assure que tu étais là j'ai vérifié que tu ne partes pas sois rassuré tu restes de ce côté de la rive maintenant.

Darwin - Tu n'as pas compris.
Pas encore tu n'as pas encore compris c'est dommage.
C'est dommage ça aurait été tellement plus beau si je n'avais pas eu à mettre des mots dessus c'est toujours plus beau quand on n'a pas besoin de dire.
Je vais quitter ce côté Nikita ce soir.
Les couleurs dans mon ventre ne sont pas arrivées toutes seules en moi.
Ne prend pas cet air regarde-moi je suis une bombe à retardement ça allait bien arriver.

J'ai rejoins l'autre rive.
On m'a parlé je te jure j'ai entendu une voix me parler.
Elle me parlait de toi.
Elle me disait que tu étais connue que beaucoup de
monde là-bas te connaissait qu'ils parlaient de toi.
On m'a ramené de ce côté de la rive on m'a donné un
ordre avant d'essayer d'y revenir.
On m'a dit – ils m'ont dit – ces voix que j'entendais que
j'avais besoin de la permission d'un ami la permission
d'un ami qui pleurerait pour moi ils m'ont dit que tu
étais là que tu as pleuré je t'ai vue pleurer tu ne peux plus
le nier.

Nikita - Tu as besoin d'un « oui » pour quitter ce monde
tu attends ce oui de moi ?

Elle rit.

Darwin - J'attends ce oui de toi.

Nikita - Imbécile tu es imbécile je rêve tu l'as dit toi-
même tu l'as dit tu as vu ceux que je connais qui sont sur
cet autre rive ces personnes que j'ai vu y aller de gré ou
de force et tu attends de moi que je t'autorise à quitter
notre rive gratte-toi avec des griffes d'ours je campe ma
position.

Darwin - Ce côté de la rive Nikita -
Ce côté n'est pas fait pour moi moi je suis fait pour autre
chose je suis fait pour voler avec les anges ici on a pas le
droit de voler regarde-moi on m'a coupé mes ailes à la
naissance j'ai besoin de les retrouver tu comprends j'ai
besoin de retrouver mes ailes.
Temps.
On m'a dit « Tu peux quitter ce monde pour aller dans
un autre mais tu ne peux le faire qu'une fois attention tu
ne pourras plus revenir » j'ai réfléchi avant tu sais j'ai
décidé de partir je sais que mes mots t'atteignent ne

détourne pas le regard je sais que tu sais que je suis juste donne-moi l'autorisation je te supplie donne-la moi je ne peux plus respirer cet air regarde l'air que nous respirons ici.

Je sais ce que la comédienne en toi brûle de dire.

Le théâtre.

Le refuge de la scène oui.

Il est beau cet endroit.

Où est-ce que je dois me réfugier lorsque les salles se vident et les projecteurs s'éteignent ?

Où d'autre aurais-je le droit de l'extrême le droit du « trop » ce droit qu'on nous donne au théâtre et que ce monde interdit lorsque nous ne sommes plus dans les années de l'enfance ?

Je veux aller ailleurs.

Je veux être le seul à décider si je peux voler je ne veux plus que mes vols dépendent de règles instaurées par d'autres à un temps où je n'existais pas déjà.

Temps.

Je voulais pas aller moi dans ce club minable moi je voulais juste danser.

Temps.

 Je voulais pas céder aux chasseurs.

Temps.

Je demande le droit à l'entièreté.

Temps.

J'ai jamais lu le mode d'emploi pour ici je l'ai eu entre les mains enfant je l'ai lu j'ai essayé de le lire je te jure que j'ai essayé j'en suis incapable rien ne me parle c'est un charabia insensé je ne comprend pas qu'on puisse le comprendre.

J'ai essayé.

Je demande le droit à la liberté.

Temps.

Tu vas m'accorder ton « oui » ?

Temps.

Elle regarde Nikita.
Nikita dit oui.

Ne te rappelle pas de moi comme le petit con que je suis
vois-moi comme une boule de gaz qui est passée
brièvement dans ce monde avant d'aller en illuminer
d'autres c'est mieux dit.
J'aurais eu tellement de choses encore à dire sur la scène
ici tellement de mots à mettre sur tellement de -
Tu les diras ces mots je te fais confiance tu les porteras
haut.
Maintenant tu peux affirmer que tu as plus que ton toi
sur les épaules.
Long Temps.

Elle les regarde.
Darwin regarde Nikita.
Darwin sourit.

Temps.

Darwin ne regarde plus Nikita.
Darwin ferme les yeux.
Darwin sourit encore.

Temps.

Darwin ne sourit plus.
En même temps que Nikita parle Elle ramasse le talon
que Darwin a lâché.
Elle l'amène à Darwin.
Elle le pose sur le torse de Darwin.
Elle met les bras de Darwin autour du talon sur son
torse.

Nikita - Non.
Non j'ai dit non.
Je sais que j'ai dit oui rejoins ta rive c'est ton droit si tu
penses -
Si tu penses trouver mieux de ce côté-là rejoins-là fous-
toi en l'air fous-nous en l'air c'est ton droit de petit con
mais ne te mets pas sur mes épaules ce n'est pas mon

obligation de porter tes mots ne me force pas à te le
promettre.
Temps.
Trop facilement j'ai dis oui j'aurais dû parler avant de lui
donner ce -
Je ne peux pas je ne peux plus porter la conscience d'un
mort sur mes épaules ça devient trop lourd ce n'est pas à
moi de porter tes mots pas encore -
Je n'ai plus de places sur mes épaules -
Non.
Non j'ai dis non tu me forces à me répéter je déteste ça.
Non.

> *Nikita respire.*

Non j'ai dis non je ne m'enfoncerais pas dans
l'hallucination cette fois je n'hallucine pas je suis là dans
une rue il fait nuit tu es là tu es avec moi tu restes là tu ne
bouges pas.
Je ne peux pas faire ton deuil pas le tiens je ne peux pas
encore le faire déformer ton image ne plus me souvenir
des tâches de ton visage autocensurer mes pensées
envers toi je ne veux pas faire un autre deuil tu n'auras
pas droit à mon deuil pas toi c'est toi qui a fait ce choix
pas moi.

> *Elle la regarde.*
> *Nikita remarque Elle.*
> *Elles se regardent.*

Elle - Il n'a pas oublié ses noms.

Nikita - Il n'a pas oublié ses noms.
Temps.

> *Elles rigolent.*

Nikita - On lui donnera tout les tords du monde il a
préféré se dresser contre la peur plutôt que de lui
appartenir enfin je dis se dresser est-ce que lui tourner le

dos pour aller voir si il y a mieux de l'autre côté veut vraiment dire se dresser je ne sais pas mais il a fait un choix.

Temps.

Il était peut-être tout simplement lâche il n'y a pas de honte tu sais à être lâche tout ce qui est assumé est légitime.

De toute façon parler de lui ne lui fera pas ouvrir à nouveau la bouche il a décidé d'aller voir ailleurs plus loin d'aller courir derrière les limites posées aux vivants. Ce qu'il reste qui raisonne maintenant ce sont les mots qu'il a mis sur moi.

Sa dernière définition de qui je suis : La traumatisée.

Elle – A ceux qui veulent m'entendre je vais parler maintenant je ne forcerai l'écoute de personnes ceci n'est pas un appel c'est un avertissement.

Je vais parler.

III L'acteur face à Elle.

Elle s'adresse à Nikita.

Tu es chanceuse tu sais je le pense je t'envie j'aurais
voulu avoir ce que tu as eu Darwin aussi l'aurait voulu
nous sommes beaucoup à t'envier.

Ceux qui ont plus vécu que nous ceux qui sont plus
proche de la mort que nous le sommes ces personnes-là
nous appellent les milléniaux.

La génération mondiale la génération Y d'après le Y que
forment les écouteurs que nous portons pour ne plus
entendre le monde et rester tranquillement à l'intérieur
de nous.

Nous.

Nous qui sommes nés en Occident entre la naissance du
sida et les attentats du 11 Septembre.

La génération connue pour son narcissisme son égoïsme
supposé et sa soif de reconnaissance née du fait que nous
ayons tout eu sans avoir eu à lever ne serait-ce que le
bout de l'ongle d'un petit doigt ou alors peut être parce
que les écrans nous ont permis de partager ce que nous
désirons partager ça doit être ça nous sommes la
première génération qui décide ce qu'elle veut partager
et à qui nous choisissons de partager et ce sans limite de
portée cela peut être à un ami bien-aimé comme au
monde entier nous créons nos paramètres sans les
limites des autres temps mais il semble que ce qui nous
rapproche en tous les cas c'est notre manque d'intérêt
pour le reste du monde notre indifférence à la souffrance
d'autrui la génération née du bon côté au bon moment
celle qui ne connaît ni la guerre ni la peur.

Voilà les mots posés sur notre âge.

Avant d'arriver sur les planches j'étais la milléniale
parfaite j'ai tout fait je te promets et j'insiste sur le
« tout » j'ai tout fait pour ne plus sentir un « trop »

émotionnel je ne voulais plus sentir.

 La petite fille qui ressentait trop j'étais l'hypersensible.
C'est une sorte de condition médicale j'étais la première
surprise je ne pensais pas qu'on pouvait trop ressentir.
Le fait est.

Le fait est que je ressentais trop pour la police de la
norme.

Alors je suis devenu la milléniale idéale les drogues oui je
les ai essayées toutes je les aie toutes essayées regarde
mes dents tu retrouveras les traces l'alcool le sexe dans
sa démesure l'amour à 13 les maladies la nudité sur la
voie publique je suis passée par ce tout-là et tout ça avant
d'atteindre les 16 ans tout pour arrêter de ressentir ce
trop qui m'envahissait.

J'ai jeté beaucoup aussi oui j'ai jeté énormément.

Évidemment tu t'en doutes pour une jeune fille qui
ressent trop j'ai aimé.

J'ai aimé beaucoup j'ai aimé fort j'ai aimé sans retenue
j'ai aimé des garçons.

Temps.

J'ai dû tout jeter.

Tout pour seulement avoir le petit espoir de passer le
contrôle de notre norme générationnelle.

J'ai dû jeter ma famille avec j'ai dû le faire ils ne
comprenaient pas ils n'étaient pas dans le même monde
que le mien.

Les « baby-boomers » c'est le nom de la génération qui
nous précède cette génération qui a connu un monde en
constante évolution avec un plein-emploi une grande
place pour la culture cette génération qui a créé la
définition des milléniaux.

C'est la génération de ceux qui nous ont mis au monde.

J'ai attendu d'avoir 18 ans et je les ai jetés aussi enfin je
dis jetés c'est une figure une manière de m'exprimer je
veux dire je suis partie ailleurs sans donner d'adresse.

J'y suis arrivé bravo à moi je ne ressentais plus rien

j'étais libre de profiter de ma jeunesse de ma beauté sans souffrance l'eldorado je l'avais atteint.
Je traversais la douleur comme on traverse un passage piéton sur le chemin de l'école et quand je dis douleur je parle de la vraie douleur celle qui te met à terre je parle.

Elle rit.

Je veux dire une personne saine aurait sûrement dû aller à l'hôpital ce n'était pas l'envie qui me manquait la souffrance était là *(elle montre son ventre)* une personne saine aurait mis des mois des années une vie même à se remettre d'un traumatisme de ce type mais pas Elle.
Je me suis contentée de regarder à gauche puis à droite pour limiter les risques et je traversais ignorant mon instinct effrayé en gardant mes yeux sur le trottoir d'en face j'étais devenue anesthésiée à toutes douleurs aucun passage ne me faisait ressentir le moindre tremblement.
Temps.
Voilà pourquoi je t'envie.
Tu n'es pas un traumatisme.
Tu n'es pas faible c'est vrai c'est quelque chose qu'on ne peut pas t'enlever mais tu n'es pas un traumatisme.
Tu n'as aucune raison de pleurer.
Tu n'as aucune raison de te plaindre.
Tu es une femme chanceuse.
Tu es une femme chanceuse tu as eu plusieurs vies.
Tu es comme je peux dire morte oui ne le démens pas je reconnais la pulsion de mort dans les yeux d'une femme quand je la vois tu es morte et plusieurs fois.
Plusieurs fois tu as traversé le lac qui sépare le monde des vivants et celui des morts et à chaque arrivée de l'autre côté de la rive tu as gardé la main sur la barque peut-être une seconde peut-être durant des heures mais tu as gardé la main sur la barque la main sur le seul connecteur des deux mondes tu es celle qui a connu les deux mondes voilà pourquoi Darwin avait besoin de ton « Oui » pour pouvoir rejoindre l'autre rive chose que toi

tu as décidé de ne pas faire toi -
Toi tu es remontée dans la barque.
Toi tu as retraversé la rive –
Tu l'as traversé tellement de fois que tu connais
maintenant le chemin par cœur j'imagine.
Oui tu as connu la douleur.
Oui tu as connu l'opposition.
Oui tu as connu la perte – Pas plus tard qu'il y a 5
minutes.
Mais je veux te parler de la chance que tu as eu d'avoir eu
ces connaissances je dis chance j'aurais pu dire courage.
C'est toi qui a décidé de transformer ces connaissances
en vies tu as décidé de ne pas t'anesthésier tu as décidé
de vivre à travers ces événements -
De vivre enfin.
Tu as envoyé en l'air les attentes que le temps a mis sur
toi sur ta génération sur notre génération.
Tu as déjà vécu tant de vies voilà pourquoi je t'envie.
Je sais que ce n'est pas facile pour toi à entendre je sais
que tu en as marre d'entendre des avis posés sur toi je
me doute.
Je sais que c'est compliqué pour une femme comme toi
j'imagine j'espère ne pas trop m'avancer qu'on attend
toujours de toi.
Qu'on pose des désirs des idées sur ta personne sans
même que tu ne bouges un cil.
Qu'on t'aime.
Qu'on te déteste.
Et que tu n'es responsable en rien de ces attentes on a
posé ces images sur toi et tu les as subies mais c'est
encore là où tu as été forte tu t'es forgée tes propres
attentes tu as décidé très vite et très tôt ce que tu voulais
devenir tu ne t'es pas perdue dans les attentes des autres
tu as créé cette solitude presque attirante cette solitude
positive en réalité celle qui te permet de faire la
différence entre l'autre et ton toi.

Une solitude joyeuse.
De chaque douleur de chaque opposition de chaque perte
de chaque infortune tu as trouvé seule une leçon une
nouvelle pensée une nouvelle façon de voir.
Mon dieu que tu es grande.
Je ne vois pas un traumatisme.
Je vois différentes couches de vies qui se sont
accumulées pour créer cette figure que tu es aujourd'hui.
Aujourd'hui je t'envie le moment n'est pas choisi je sais
les mots devaient sortir.
Temps.
Je veux parler à Loup.
Loup montre-toi.

> *Loup se montre à Elle.*
> *Elle le regarde.*

Je ne vais pas revenir sur les mots dont Meryam a usé
envers toi.
Non je voulais revenir sur cette question qu'elle a fait
fleurir dans ta tête en voulant faire sortir ce quelque
chose de toi que tu refusais de faire monter à la surface
quelque chose d'autre que le socialement correct.
« Quel droit ai-je de parler de l'humanité ? ».
Il était temps que tu redonnes à cette question la place
qu'elle mérite.
Oui c'est une question qui te hante te hantera peut-être
longtemps mais je veux me permettre de te rassurer si tu
me donnes ce droit cette question n'est pas réservée à
ceux qui sont proches de ceux qui possèdent.
C'est une question que nous nous poserons tous que
l'acteur qui n'a jamais questionné sa légitimité se montre
à moi et ose me dire qu'il n'est pas un menteur.
Oui je comprends pourquoi cette question prend une
place si grande chez toi tu es dans un temps où tout est
questionné tu es dans le plus grand des droits de te
questionner en même temps que ton temps.
Moi -

Moi j'ai choisi de te voir comme un infiltré.

Il rigole.

Oui rigole si tu veux je comprends c'est risible ce que je dis mais c'est important d'être risible quand il le faut.

Je me perds.

Tu sais de l'intérieur ce qu'est le monde de ceux qui sont nés en cochant les bonnes cases - la masse globale comme tu l'as définie - celle qui n'a jamais même au fond de leurs consciences cherché à questionner les règles du jeu qu'est la vie et pourquoi le feraient-ils ils sont les gagnants de ce jeu c'est bien suffisant pour eux.

Mais pas pour toi.

Toi -

Toi tu avais le choix.

Toi tu as décidé de mettre les pieds puis le reste de ton corps jusqu'à ton âme dans la scène de ton plein gré.

Toi tu n'es pas venu ici te réfugier j'aimerais en dire autant ce n'est pas mon cas.

Tu n'as pas choisi de rejoindre le théâtre uniquement car la société n'a pas voulu reconnaître ta beauté à toi car tu n'avais pas la force de l'affronter car tu cherchais un endroit où l'on voudrait bien t'écouter toi la société t'a tendu les bras elle a été modelée par des hommes comme toi pour des hommes comme toi mais j'irai retrouver Darwin sur l'autre rive avant que quiconque me fasse dire que tu es un homme comme eux.

Tu nous as choisis.

Comme un enfant adopté par des parents qui auraient eu le pouvoir d'en faire un biologiquement tu avais le choix et c'est là qu'est la plus belle preuve d'amour.

Tu es autant légitime que n'importe qui.

Le premier qui osera te regarder dans les yeux et t'affirmer le contraire je te dirais comme le ferait Nikita mange-le.

Temps.

Meryam *(ce n'est pas un appel).*

Meryam se présente à elle.
Elle lui sourit.

Temps.
Tu es belle.
Pardon ce n'est pas du tout ce que je voulais dire lorsque
j'ai dis ton nom mais maintenant que je te vois c'est la
première chose que j'ai envie de te dire tu es belle.
Ce que je voulais dire originellement c'est -
Tu es une actrice de ton temps.
Une femme.
Une femme assumée une femme qui ne mens pas sur son
âge sur le siècle dans lequel elle vit c'est de toi que le
Théâtre devrait s'inspirer il devrait s'inspirer des crocs
que tu as de toi de ceux et celles qui vivent avec leurs
âges leurs temps avec leurs langues peut-être qui sait que
si tu étais une inspiration plus grandement connue le
monde reviendrait au théâtre.
Comme le monde le faisait avant.
Avant lorsque le théâtre se faisait uniquement dans son
propre temps avant lorsque le théâtre ne faisait pas
semblant d'être physiquement là.
Mais je me perds encore une fois ce que je voulais dire
c'était-
Ne t'excuse jamais d'être trop émotionnelle d'être trop
fragile trop violente trop jeune ce serait t'excuser d'être
vivante je t'assure ce n'est pas ce que tu veux.
Dans le monde où l'on vit celui ou celle qui n'est pas
regardé qui n'est pas vu doit alors se faire entendre s'il
veut exister tu as trouvé ton moyen d'être écoutée tu as
ta fougue c'est ta plus belle arme.
Quiconque veut bien prendre le temps de te regarder
verra qu'il t'a fallu apprendre à crier pour exister.
J'aime à fantasmer sur ce que tu es.
J'aime à me dire que tu es une figure.
J'aime à me dire que tu es une figure de quelque chose
de plus grand que tu es plus grande.

J'aime à me dire que tu portes sur tes épaules toute la
frustration des femmes notre temps.
Loin de moi l'idée de me perdre dans un discours
féministe je parle seulement de mon imagination.
Dans ma tête dans mes images personnelles tu es toutes
les frustrées du monde entier.
Toutes celles qui ne rentrent pas dans les codes les
attentes esthétiques des femmes de notre temps.
Toutes les inconsolables les laissées pour compte.
Toutes les « Belles à l'intérieur » les « Pas jolies mais très
gentilles » les révoltées contre les mâles.
Toutes les ennemies de James Toback de Brett Ratner
d'Harvey Weinstein de tous ceux qui veulent
nous attraper par la chatte.
Toutes celles qui regardent la vieillesse arriver à elles
comme un ennemi redouté depuis longtemps.
Toutes les désillusionnées enfin.
Celles qui n'ont plus la force d'être enragée qui ont
accepté leur destin de femelle en baissant les bras c'est la
révolte de toutes ces femmes-là que tu dois porter c'est
pour elle que tu ne dois jamais je vais répéter ce mot
jamais cesser d'être enragée.
D'être fougueuse.
D'être tout sauf calme.
De ne pas accepter.
Attention ne me prends pas au pied de mes lettres ne fais
pas une guerre à toutes les femmes heureuses je
m'emballe dans mon imaginaire ce n'est pas ce que je
voulais dire mettons la généralisation à part c'est plus
grand que ça.
Temps.
Frustrée ne veut pas dire -
La frustration dont je te parle celle que je te vois porter
sur tes épaules va au-delà de ça je te vois frustrée d'une
image qu'on a collé sur ton front.
Cette image que l'autre pense contrôler.

Tu es de celles qui ont choisi de conserver une joie une voix une plénitude une entièreté aussi forte que celle qu'éprouvent les enfants tu n'as pas à t'en excuser est-ce que cela fait de toi moins une femme que ce que tu n'es ? Ne t'excuse pas d'être plus vivante que d'autres.

Tu es de celles qui ont choisi de choisir de ne pas vivre dans l'image ce n'est en rien une raison de ne pas te regarder comme l'adulte que tu es de fait et de droit. Maintenant je ne dis pas que tout vient de l'extérieur ne te méprend pas sur mes mots tu es oui c'est vrai tu es pleine de doutes d'hésitations de digressions mais j'en suis pleine aussi nous le sommes tous ici mais toi -

Toi je vois la sévérité que tu portes à ta propre personne cette voix que tu essaies de garder droite alors qu'elle voudrait partir loin se cacher dans un tout petit trou où personne ne peut l'entendre tu es violente.

Avec toi-même tu es violente.

Tu te dois de porter ces doutes ces hésitations tout ce qui te traverse avec fierté c'est là qu'est ton humanité la plus complète comme une femme m'a dit un jour - C'est ce que nous ne comprenons pas qui ouvre vers le nouveau vers le début du reste de notre vie. Méfie-toi toujours de ce que tu comprends.

N'ai pas peur d'avoir tord.

N'ai pas peur de n'être pas sûr.

N'ai pas peur de ne pas cacher tes combats tout le monde en a je t'assure regarde le monstre d'incertitude que je suis.

> *Elle regarde Darwin.*
> *Ils regardent tous Darwin.*
> *Elle s'approche de Darwin.*
> *Elle se met à genoux et prend Darwin sur elle.*
> *Elle regarde Darwin.*
> *Elle touche le visage de Darwin.*

Temps.
Et toi.

Toi qui n'avait pas encore appris à bien utiliser les mots.
Le poète qui ne savait pas comment faire de la poésie
c'est toi.
Toi qui n'a pas su te contenter de ce ça qu'offrait la vie ce
ça que tous doivent accepter s'ils veulent vivre de ce côté
de la rive.
Toi qui n'a jamais su où te mettre toi qui comme d'autres
comme toi a cherché un endroit une sensation quelque
chose de mieux je te comprends comme je te comprends
j'ai failli si souvent être exactement où tu es aujourd'hui.
Tu es tous ceux qui n'ont pas compris les règles.
Tout ceux qui ont fini comme on t'a vu finir étouffé par
tes propres émotions ceux qui sont nés dans le prétendu
bon côté de la barrière ceux qui sont nés inapte à ce
monde.
J'ai dans mes bras le corps d'une âme perdue.
Je ne pleurerais pas je le promets je ne pleurerais pas ce
n'est pas le genre de scène que je veux donner après tout
tu es une âme parmi toutes les autres âmes perdues mais
j'espère que tu es parti en conscience de la chance que tu
avais d'avoir trouvé ce refuge cet endroit que sont les
planches ces rideaux derrières lesquels se cacher ces
mots à emprunter pour ne pas avoir à utiliser les tiens.
Je ne pleurerais pas ceux qui ont choisi de quitter ce côté
de la rive après avoir trouvé refuge tu as pu voir tu as
essayé alors ta décision j'imagine a été réfléchie je garde
mes larmes pour ceux qui ont voulu s'échapper de ce
monde pour lequel ils sont inadéquats et qui n'ont pas
trouvé d'échappatoire de refuge de rideau derrière lequel
se cacher je veux pleurer ces âmes-là.
Celles qui ont conscience des masques de la force que
cela demande pour les porter ceux qui reçoivent la
violence de tout les artifices en plein visage juste là au
milieu avec toute la puissance qu'un artifice peut avoir.
Je pleurerai les prisonniers non les évadés.
Je pleurerai les prisonniers qui sont de l'autre côté du

masque ceux qui sont enfermés dans leurs masques ceux qui cachent la bête en eux la bête qui ne demande qu'à être libérée qu'à rugir qu'à être en vie mais qui reste enfermée par peur par manque de moyen par habitude.
Je pleurerai ceux qui ont peur.
Peur de ne pas respecter les attentes peur du prix à payer pour la liberté la solitude peur des contrôles de la police de la norme peur de se poser des questions auxquelles ils ont peur d'avoir une réponse.
Je pleurerai ceux qui ont abandonné leurs imaginaires au même titre qu'ils ont abandonnés l'enfant qu'ils étaient.
Ceux qui ne vivent qu'à travers la réalité qui pensent que les rêves n'ont pas leurs places dans leurs cages ceux qui s'ennuient au fond.
Cette cage qu'ils ont créé eux-mêmes avec la conviction qu'il s'agit de la condition pour être vivant.
Ceux qui ne voient pas la différence entre la réalité et la vérité enfin.
Pour eux pour toutes ces âmes je pleurerai.
Je ne pleurerai pas pour une âme libre.

IV L'acteur face à qui veut l'entendre.

Darwin - Le comédien est dans toutes les bouches.
C'est un fait une vérité avérée acceptée tout le monde a
une image un flash en tête lorsqu'il entend le mot
« acteur » jeune acteur acteur âgé acteur mort acteur de
couleur actrice – Acteur enfin.
Le paradoxe est : Dans la réalité personne ne sait
réellement ce que c'est que cette espèce d'humain
étrangers aux autres humains ces personnes qui ont
choisit de se montrer se mettre en avant.
« Le monde des comédiens » cette microsociété sur
laquelle tout le monde pose un avis cette microsociété
connue pour donner beaucoup trop d'argent à des
personnes beaucoup trop chanceuse possédant un métier
beaucoup trop facile.
Ces filles à papa entourées de drogues cette microsociété
où tout le monde couche avec tout le monde et meurt
avant l'âge moyen oui je fais de l'ironie écoute les mots
qu'un acteur entends.
Quel droit auraient ceux qui vivent avec une énormité de
parler de questions existentielles de problèmes du
monde qu'est-ce qu'ils en sauraient surtout les jeunes les
belles femmes les jeunes hommes regarde les avec leurs
visages parfaits parfaitement symétriques pourquoi est-
ce quiconque les écouteraient ?

Meryam - Le comédien est dans toutes les bouches.
Surtout et avant tout dans les bouches des comédiens
eux-mêmes - je dis les comédiens je pourrais dire tout les
travailleurs de l'art – surtout aujourd'hui et si ils en
parlent aujourd'hui c'est parce qu'aujourd'hui est le jour
où la liberté de la pensée est la plus importante pour
nous pour notre âge aujourd'hui est le jour où nos
visages changent après des années et d'autres années de

copier coller esthétiques sur les planches derrière les écrans nos visages changent ils prennent la couleur d'un théâtre ancré dans son temps.

Ce qui est inexplicable presque drôle oui c'est drôle voyez-vous c'est certains - quand je dis certains je veux dire encore une fois des travailleurs de l'art – pensent avec une conviction à faire rougir un terroriste kamikaze que vouloir changer les visages des acteurs est une mauvaise chose une sorte de mode une fausse révolution une tentative de vendre plus.

Vendre.

On affirme qu'une nouvelle représentation des humain sur scène une qui s'inscrit dans son ère n'est pas possible.

Ou encore ceux qui pensent que c'est possible pensent que ce n'est pas nécessaire qu'après tout le monde se portait déjà tellement si bien avant cette démarche et le théâtre de toutes façon c'était mieux avant avec les visages connus et reconnus les visages des surhommes ceux qui sont hors de la réalité ceux qui correspondent à la définition dîtes plus tôt ces acteurs qui sont plus proche de la définition d'un fantasme que de celle d'un humain.

Elle - Le comédien est dans toutes les bouches.

Et toi qui commence à connaître ce monde puisque tu y travailles tu te demande pourquoi tant de fantasmes se font autour du comédien pourquoi la définition d'acteur est si loin de la réalité pourquoi tant de personnes veulent en faire leurs métiers et si peu viennent voir la réalité des théâtres si peu sont présent dans les salles alors que tout le monde connaît ce métier de près ou de loin tout le monde a un cousin une voisine un ami qui a rêvé plus ou moins longtemps d'être comédien pourquoi de plus en plus de personnes veulent être acteurs alors que de moins en moins de personnes sont devant les salles à l'heure des représentations pourquoi les acteurs sont vus comme des êtres différents alors que tu tends si fort à être simplement humain.

Un humain entier.

Un humain possédant toutes les faiblesses et toutes les forces que peuvent posséder les humains.

Tu te demandes pourquoi nous imaginons les acteurs comme de solides égos qui font ce métier dans le seul but d'être vu par le monde alors que toi tu es entourée de fragilités fauchées par la vie entourée des monstres de la société qui sont venus se réfugier dans le noir du théâtre qui cherchent juste un petit bout de planches pour dire des mots à qui veut les entendre.

Tu te questionnes peut-être trop mais tu ne comprends pas ce contraste si grand entre la réalité montrée et celle que tu vis.

Pourquoi le métier d'acteur est glorifié auprès des enfants qui veulent - comme tout enfant se doit – rêver alors qu'une fois adulte personne ne nous a dit qu'il faudrait se battre si fort pour avoir une place avoir du pain avoir ce dont un humain a besoin pour vivre simplement pourquoi est-ce qu'on ne dit pas aux petites filles qui rêvent d'être actrice qu'elles vont devoir se battre contre les hommes qu'elles le veuillent ou non elles devront se battre contre ce qu'on leurs propose contre la qualité de ce qu'on leur propose comparée à la qualité de ce qu'on propose aux hommes contre ceux qui voudraient te faire croire qu'une actrice se doit de se donner à qui possède de l'argent qui possède un rôle à pourvoir ceux qui affirment qu'il est juste qu'elles gagnent moins contre toutes les injustices injustifiables mais accepter par tous tu te demandes pourquoi.

Nikita - Le comédien est dans toutes les bouches. Et toi qui en connais des tas de comédiens tu te demandes pourquoi ils sont si effrayants pour le monde

pourquoi on pense devoir les craindre porter ce regard
tellement distant envers eux alors qu'ils ont tous les
travers qu'ont les humains avec cette haine et cette
jalousie qu'on peut porter aux siens à ceux qui sont issus
de la même communauté que nous cette facilité de
chercher chez leurs semblables la petite faille celle qui les
rassurera leur permettra de continuer à se croire
supérieurs parce qu'ils n'ont pas la moindre confiance en
eux les comédiens elle est là la vérité alors ils chieront
dans tes bottes pour se sentir à la hauteur et ils le feront
avec une haine une envie surprenante comme si leurs
vies en dépendaient ils prieront pour que tu n'ailles pas
trop loin et surtout pas plus loin qu'eux il faut être
honnête le comédien a peur et tu sais qu'il est là derrière
toi à te donner un sourire aigre et te regarder avancer
fébrilement effrayé à l'idée de te voir marcher sans
trébucher mais qu'il soit rassuré le comédien tu
trébucheras comme il l'avait prévu parce que ça se voyait
tu te la pétais trop tu étais trop à l'aise trop confort il
fallait bien que tu retombes dans la crasse de la réalité il
fallait bien que tu arrêtes de vouloir mieux oui ça les
énerve ça que tu veuilles mieux - mieux qu'eux - mieux
que ce que tu as déjà et par contre si ô grand malheur tu
arrives au bout du chemin sans trébucher ils seront tous
là toujours derrière toi toujours leurs sourires aigres et
ils attendront que tu partages avec eux le savoir que tu
t'es battu pour avoir après tout ils le méritent ils ont
toujours été là pour toi ils te l'ont dit d'ailleurs tellement
de fois qu'ils étaient là pour toi ils attendent de toi
maintenant ils attendent de toi que tu sois responsable
tu as la responsabilité maintenant de te battre pour leurs
droits pour faire valoir leurs existences et quand tu
l'auras fait ils ne te remercieront pas après tout tu leurs
dois bien ça n'oublie pas où tu étais au début sans eux
c'est bien grâce à eux que tu es arrivé là certainement pas
grâce à toi certainement pas grâce à ta détermination

non non c'est grâce à eux - eux qui ne viennent jamais te voir sur les planches qui ont toujours mieux à faire eux avec qui tu ne peux créer qu'à condition que tu leur promettes un paiement sinon ils auront bien sûr mieux à faire eux qui t'en veulent au fond d'avoir réussi de les avoir laissés dans leur crasse alors qu'ils ont mis tant de force dans leurs prières pour que tu ne réussisses pas tu leur dois absolument tout oui.

Oui l'acteur est bel et bien un humain comme les autres.

Et toi -

Soyons honnête toi tu ne peux plus les supporter mais tu ne peux aussi plus t'en passer ils te sont devenus nécessaires en dépit de la saleté qu'ils ont essayé tant de fois de jeter sur toi et qu'ils jetteront encore dès qu'ils verront une occasion une ouverture une brèche en toi pour te prendre ce qu'ils peuvent et remplir le trou qu'ils laisseront par de la crasse.

Temps.

C'est brutal un comédien.

Tu voudrais ne plus avoir besoin d'eux tu le voudrais mais tu retournes toujours vers eux comme un oisillon parti trop tôt du nid cherchant à retourner dans le confort des plumes de sa mère.

Il n'y a que les comédiens qui voudront bien entendre ce que tu as retenu tout le temps où tu étais loin d'eux.

Il n'y a qu'eux qui voudront entendre tes plaintes qui les comprendront.

Ça te fait mal de l'admettre mais c'est ta réalité.

A la fin de la journée le comédien te comprend.

Loup - Oui le comédien est dans toutes les bouches.

Le comédien ne te demande pas si tu comptes trouver un vrai métier après avoir fait du théâtre.

Le comédien ne te demande pas si tu préfères la comédie ou la tragédie.

Le comédien ne te parlera pas de ces deux années de

théâtre qu'il a fait à 16 ans avant de se concentrer sur un vrai métier.

Le comédien ne te parlera pas du dernier film hollywoodien qu'il a vu en te souhaitant de finir dans ces œuvres-là d'un air absurde presque ironique comme si ce que tu faisais était une blague toutes ces absurdités ces banalités toi tu les entends tous les jours et tu acquiesces tu souris en baissant les yeux de toutes façons qu'est-ce que tu pourrais faire devant des propos aussi sûrs aussi convaincus.

Le comédien sait.

Le comédien sait à quelle point ces banalités te sont violentes à force d'être répétées tu ne pleures pas lui non plus vous n'êtes pas à plaindre mais le comédien sait.

Le comédien sait que tu vas t'enfoncer dans le communautarisme il sait que du haut de tes vingt ans tu voudras déjà refaire le monde enfermé dans ton théâtre tu ne voudras plus rejoindre l'autre tu as essayé pourtant de le rejoindre mais tu es déjà tellement fatigué tu te bats contre un courant tellement plus fort que toi tu as trop de haine en toi maintenant rien ne se créé à partir d'autant de haine dans un seul corps le comédien le sait.

Te voilà devenu communautaire.

Voilà que tu ne veux plus parler à quelqu'un d'autre qu'un travailleur de l'art tu veux plus affronter ces phrases entendues à outrances.

Le comédien sait que ce n'est pas ta faute.

Ce n'est pas toi qui a choisi d'être haineux tu as dû t'adapter voilà tout pour ne pas être brisé par un monde qui est trop loin de toi et qui ne voudra de toute façon pas faire un pas vers toi tu ne peux pas faire tout le chemin tout seul aller le chercher le forcer à t'écouter.

Alors oui.

Le comédien sait que tu espères en allant t'alcooliser avec tes amis que tu pries pour ne pas que l'un d'entre eux te demande de « jouer la tristesse » ou « d'être drôle ».

Le comédien sait que parfois tu aimerais ne passer tes heures qu'avec des comédiens ne plus discuter avec quelqu'un d'autre.

Te retrouver dans un idéal sociétal tu sais que ce n'est pas possible et que même si ça l'était réellement tu ne le veux pas ce serait te fermer tellement de portes tellement d'images mais c'est une pensée non contrôlée qui te traverses.

Je me répète oui je le sais mais ce n'est pas de ta faute il faut que tu le comprennes.

C'est celle de l'autre.

Cet autre habitant du 21ème siècle qui a changé la notion d'acteur qui la rabaissant au rang de l'esthétique au rang de la vanité a rendu le mot « comédien » pourtant si grand péjoratif.

Ce terme qui rassemble tellement de personnes aux intérêts tellement différent un mot qui ressemble à un rêve et pourtant dieu sait qu'il peut se vivre comme un cauchemar.

Un acteur.

Ils sont face à qui veut les voir.
Ils brisent un mur.

Darwin - Ceci est un avertissement pour ceux qui nous regardent ceux qui nous écoutent nous allons briser un mur que nous avons volontairement ignoré jusqu'à maintenant désolé pour ceux qui seront surpris nous allons vous laisser un temps.

Temps.

Je sais oui je sais vous m'avez vu mourir – si on peut appeler cela mourir – il y a peu pourtant je suis là j'ai repris la parole soyons honnête parlons-nous vraiment en tout cas j'essaie de vous parler vraiment je n'existe pas.

Je veux dire – oui j'existe j'ai une forme du sang et des muscles puisque je me tiens devant vous mais ce sont des mots d'emprunt que j'utilise pour m'adresser à vous je ne suis qu'une folie d'un imaginaire une parole créée par un et dite par un autre une parole portée par l'humain que je suis sous ces vêtements sous ce maquillage.

Sot pour sot à vous dire des mots des phrases que vous saviez déjà autant vous le dire tout de suite vous êtes au théâtre.

Je n'existe qu'à travers vos regards.

Ma vie a commencé lorsque vous avez posé vos yeux sur moi lorsque les mots que j'empruntais à Mohammed ont atteint vos oreilles.

Ma vie s'arrêtera lorsque vous m'oublierez.

Oui ma vie ne s'arrêtera pas au moment où vous détournerez vos yeux mais bel et bien lorsque vous oublierez mes mots la majeure partie de la vie de Darwin se passera dans vos têtes dans votre mémoire comme celle d'un être cher mort avant vous.

Ceci revient à cela finalement.

Un personnage une figure un visage que l'on voit que l'on écoute un acteur à l'œuvre est l'équivalent d'un vieil ami décédé vivant dans votre souvenir jusqu'à ce que ses traits deviennent floues sa voix de moins en moins proche de la réalité et disparaisse finalement entièrement après avoir vécu dans le réel puis dans vos mémoires il disparaît de ce monde.

Je n'ai donc pas d'âge en réalité je ne suis qu'une parole un amas de mots écrits lus appris et rapportés bien que la parole que je suis se veut celle d'un jeune comédien je n'ai en réalité pas d'âge et pourrais recommencer mon existence à 0 à chaque nouvelle phrase.

Ma non-existence est peut-être ce qui fait de moi un être plus véritable et plus entier que beaucoup de ceux qui se disent vivant.

Vous savez de moi ce que j'ai bien voulu vous dire vous

représenter ce que vous avez bien voulu entendre aussi que vous soyez un amoureux des planches ou une âme perdue qui s'est retrouvée dans cette boîte qu'est le théâtre par pur hasard vous êtes à égalité quant à la connaissance de ma personne.

Maintenant que ces faits sont établis et les politesses sont échangées je voudrais dire un merci sincère aux oreilles qui m'ont permis de partager mes mots de partager peut-être un brin de sagesse dans l'étendue de ma folie celle de mon âge et celle de ma création.

Croyez-le ou non j'ai été longtemps effrayé par la mort ce sont les mots qui m'ont sauvés les mots qui m'ont permis de me sentir exister un mot est si facile à créer et une fois dit une fois échappé il reste c'est un acte qui ne peut mourir je me perd oui je voudrais dire merci à ceux qui veulent entendre ces mots merci à ceux qui sont venus être seuls avec nous ceux qui sont assez braves pour entendre les mots si peu précis si peu sacrés et pourtant profondément intimes d'une jeunesse qui se créé de cette jeunesse que nous sommes ici sur les planches.

Je suis une figure celle de la perdition de cette jeunesse voilà ce que je suis ce que je représente je ne mets pas d'avis là-dessus.

Je porte le visage de l'écorché.

Je n'ai pas d'avenir je me répète je n'en suis pas moins véritable.

Je suis une plaie ouverte à vif devant qui a le courage de la regarder.

Je suis tout ceux qui ont choisi de ne pas choisir et qui convaincu de ce choix se sont perdus.

Je suis l'entièreté le passionnel le tombé dans ses blessures cachées par un voile trop léger.

Je suis la marge enfin.

Celui qui a choisi un autre enfer que celui dans lequel vous vivez.

Le cadavre à qui on a donné une voix.

Meryam - Je voudrais que vous entendiez ce merci sur lequel Darwin appuie si fort.

Je ne vous parle pas d'un merci d'une politesse je vous parle d'un merci.

Un merci d'écouter ce que la jeune fougue en nous peut avoir à dire nous savons que nos mots ne sont pas encore précis ils sont flous ils ne sont pas encore totalement faits ils le sont presque ils sont presque des mots entiers excusez-les ils sont au début de leurs vies mais c'est exactement ce que nous sommes une jeunesse floue ni précise ni entière une jeunesse pas encore totalement faite au début de sa vie.

Je voulais dire merci.

Temps.

Je ne reviendrai pas sur les mots de Darwin je me tais et me range derrière eux toute entière oui nous ne sommes que des paroles avec comme but vital d'être entendu par qui le voudra.

Je vais frôler la complaisance pardon je m'en excuse mais de notre côté du mur c'est une joie folle que d'être entendu c'est un acte si rare hors de la scène.

Avoir le droit d'être.

Entièrement être.

C'est risible oui ça l'est – Vraiment comme situation c'est risible tout le monde devrait avoir le droit d'être d'être entièrement mais le fait est -

C'est jouissif d'être réellement.

Par être je veux dire être un être sensible.

Sans aucune norme limitée ou code préétabli de la sensibilité être dans un noir magique être hors du temps des attentes être hors des règles.

Un endroit pour tout ceux qui veulent être déplacés.

Un endroit où la réflexion est maîtresse.

Un endroit sombre où tu peux te perdre sans peur pose ta lanterne laisse-toi perdre n'aies plus peur.

Un endroit où le « trop » n'existe pas.
Que j'aimerais pouvoir finir cette tirade par « cet endroit
s'appelle la société. » .
Que j'aimerais pouvoir dire que la société permet d'être
un être sensible qu'elle n'a aucune norme limitée ou code
préétablie qu'elle est hors du temps des attentes et des
règles que j'aimerais dire qu'en société la réflexion est
maîtresse et te promettre que tu ne seras pas en danger
si tu posais ta lanterne et t'affirmer que tu as le droit du
trop.
Mais non.
Voilà pourquoi certaines âmes viennent vivre ici.
Voilà pourquoi le Théâtre se transforme parfois en
refuge.

Loup - Peut-être qu'aucun de nous n'est à la bonne place.
Peut-être qu'aucun de nous n'a la ô tant sacrée légitimité
de porter la vérité humaine la mémoire du monde.
En tout les cas ce qui nous rapproche ce qui définit
l'acteur millénial c'est le choix qu'il a fait.
Le choix de plonger dans l'expérience de la scène cette
expérience va tellement plus loin en réalité ne se résume
pas à la vérité qui la connaît la vérité qui peut la porter
c'est un questionnement permanent c'est-
Nous avons fait le choix des mots.
Nous avons fait le choix de l'extrême le choix du trop de
rire beaucoup trop fort de pleurer beaucoup trop fort de
maintenir des silences des temps beaucoup trop long de
parler beaucoup trop fort oui je parle beaucoup trop fort
regarde comme je parle fort qui ici peut m'empêcher de
crier comme si ma vie en dépendait si l'envie m'en
prenait.
Je suis chanceux.

Elle - Je ne sais pas moi de mon œil si je peux parler de
choix pardonnez mes prochains mots j'ai le regard strict

lorsqu'il est tourné vers moi-même de mon œil je vois de la lâcheté dans ma présence ici.

Elle rit.

Oui je trouve ça risible maintenant que je l'énonce à voix haute je vois de la lâcheté c'est un fait je suis honnête avec moi-même.
Temps.
Attention ne vous méprenez pas je n'ai aucun regret je suis là où je devais être j'énonce juste j'ai manqué de courage je n'avais pas n'ai toujours pas en réalité la force d'affronter le réel d'autrui le réel en dehors de cette boîte je suis faible.

Elle rit.

Je l'assume n'ai pas peur de le porter à qui veut le recevoir je suis faible là est ma chance.
C'est cette faiblesse qui m'a amenée sur ces planches c'est -
C'est paradoxal mes propos ils sont paradoxaux un acteur un artiste c'est un être un humain qui tend à la conscience absolue de la condition humaine un être conscient des limites conscient de la société dans laquelle il évolue quelqu'un qui a décidé de se questionner sur son environnement sur sa société c'est paradoxal de venir se réfugier sur les planches pour parler d'un monde que je tend à fuir oui je tends à -
L'humanité interdite.
L'humanité que nous avons peur d'avoir peur de ne pas contrôlée peur de l'état de faiblesse dans laquelle elle nous met voilà l'humanité à laquelle je tends.
L'humanité qui s'appelle aussi l'Amour.
Oui j'ai envie de défendre l'amour.
Voilà pourquoi vous me trouvez ici sur les planches.
Je suis faite pour faire du bien.

Qu'on m'appelle la Prostituée des mots je suis faite pour
apaiser.
C'est mon rôle ici.
J'aimerais mon dieu que j'aimerais que chacun chaque
homme chaque femme connaisse l'amour.
L'amour dès ses premiers regards au monde.
L'amour dont chacun a le droit par sa condition
humaine.
L'amour qui rend plein.
C'est ça que je défends.
Non comprend-moi je ne te parle pas d'orgies je te parle
de l'amour je dis amour je pourrais dire plus globalement
écoute je défends l'écoute.
L'écoute de soi avant tout.
L'écoute des autres aussi évidemment bien sûr.
Je veux demander au monde -
Je veux dire -
N'ayez pas peur de la folie.
Explosez vos billets.
Explosez vos têtes contre des murs de phrases.
Explosez le mot « norme ».
Explosez l'efficacité.
Soyez vivant enfin.

Nikita – Je ne sais pas et ne veut pas savoir les raisons de
votre écoute - je parle à ceux qui écoutent - les raisons
pour lesquelles vous avez décidé de venir écouter des
inconnus porter une parole parmi d'autres paroles
portées par d'autres inconnus dans d'autres lieux qui
prennent une autre forme que le lieu qui est celui-là avec
la forme qu'il a mais vous et moi nous sommes là
félicitations bravo nous sommes là.
Temps.
Je ne m'excuserai pas envers ceux qui trouvent ont
trouvés mes mots violents agressifs ou autres adjectifs
pour définir la brutalité je ne suis pas montée sur les

planches pour chercher l'acceptation de l'autre non je ne m'excuserai pas.

Je n'oublie pas et vous devriez ne pas oublier non-plus nous sommes au théâtre.

Je crois avec la croyance la plus ferme que sans cruauté je dis cruauté je pourrais dire réalité humaine je veux dire porter un regard cruel sans filtre oui réel c'est le mot sur le monde le regarder regarder la laideur et l'accepter accepter la laideur chez l'autre et chez soi sur un plateau et surtout dans la vie ce que je veux dire c'est que -

Sans cruauté le théâtre n'est pas.

Je crois en la brutalité.

Voilà pourquoi j'ai décidé de ne pas m'excuser d'être humaine.

D'être entière comme nous le sommes ici rappelez-vous nous sommes des figures.

J'ai pris la décision de mettre mon entièreté sur la scène.

Je vais dire mes derniers mots avant de ne continuer à vivre qu'à travers vos mémoires je dois les choisir précisément.

Je veux -

Enlevez vos œillères.

Regardez le monde avec toute la tristesse toute la mélancolie toute la beauté toute la joie et pour revenir sur mes mots toute la cruauté qu'il a.

Je ne cherche pas à vous faire pleurer je ne veux pas vous demander quoi que ce soit vénérez votre liberté je n'ai pas à la toucher non je ne vous demanderais pas de parrainer un petit africain je veux seulement vous dire vous supplier de -

Soyez honnête.

Soyez honnête envers vous-même honnête envers le monde envers l'entièreté du monde.

Je me répète une dernière fois de l'honnêteté s'il vous plaît.

Darwin − En réalité nous disons des mots mais qui écoutera les conseils d'enfants sur un plateau.
Qui écoutera les conseils d'âmes déconnectés de votre réalité les conseils de comédiens montés sur les planches pour parler de comédiens y a-t-il quelque chose de plus risible que ça ?
La seule chose que nous pouvons réellement faire réellement c'est être là.
J'ai choisi d'être acteur parce que j'étais fou amoureux de la vie.
J'ai choisi d'être acteur parce que je voulais faire de cet amour un métier.
Si j'arrête de vivre et m'enferme dans un livre je ne suis plus un acteur.
Je ne serai plus un être vivant.
Je serai un être de papier.
Fougue s'il vous plaît.

Meryam - Quand le noir tombera sur la scène nous ne saluerons pas.
Prenez ce geste comme un symbole libre à vous de calquer ce que vous voudrez dessus.
Nous sommes les milléniaux arrivés à maturation.
Nous sommes les nouveaux visages d'un art qui se meurt.
L'ironie est : mon premier discours tenait à ma volonté de parler d'autres de parler de ceux qui sont plus grands et je suis là à parler de moi de comédiens.
Certains de nos visages resteront sur les planches pendant de longues années encore.
D'autres visages se perdront probablement disparaîtront iront chercher l'humanité ailleurs.
Aujourd'hui nous sommes ici.
Aujourd'hui nous sommes avec vous.

Elle - « *Tout chante ici dans la fontaine.*

Les buissons verts.
Les cailloux blancs.
Tous les oiseaux du bois rêvant.
Et l'herbe sage et l'herbe folle.
C'est à ton cœur qu'elle ressemble.
Jouant riant avec le vent avec la neige au bois dormant.
Qui fait scintiller le silence. »

Noir.

Remerciement à G.Vauquois ; L.Belounis ; L.Jarnot ; F.Fizaine ; S.Verchère ; L.L.Busato;Nikita Faulon et les autres nouveaux visages de la scène.